DAS KULTURELLE GEDÄCHTNIS · VERLAG ·

ASTV NON VI

Desiderius Erasmus von Rotterdam

Der sprichwörtliche Weltbürger

Ausgewählt und bevorwortet von Wolfgang Hörner und Tobias Roth

Übersetzt von Tobias Roth und Theresia Payr

VERLAG DAS KULTURELLE GEDÄCHTNIS

Inhalt

Vorwort

Möge der Name Verpflichtung sein!

Es ist schon eine seltsame Angelegenheit mit Erasmus von Rotterdam. Während seine *Schriften* weitgehend unbekannt sind und immer weniger gelesen werden, leuchtet sein *Name* immer heller, werden immer mehr und immer ungewöhnlichere Institutionen nach ihm benannt. Viele Millionen Austauschstudenten sind schon, unterstützt vom Erasmus-Förderprogramm der Europäischen Union, in andere Länder gereist und haben sich dort gebildet – ein Programm, dessen Namenswahl unmittelbar einleuchtet, gab es doch kaum einen weltbürgerlicheren Intellektuellen als Erasmus. In einem Brief an Zwingli sagte er über sich selbst: „Ein Bürger der Welt begehre ich zu sein, allen gemeinsam, oder lieber für alle ein Fremdling."

Die ‚Welt' bestand damals aus europäischer Sicht vor allem aus Europa. Dort allerdings war Erasmus in der Tat beinahe rastlos unterwegs: In Holland wurde er im Oktober 1466 geboren, dort wuchs er auf und dorthin kehrte er immer wieder zurück.

In Frankreich studierte er, mehrere glückliche Aufenthalte verbrachte er bei seinen gelehrten und geliebten Freunden in England, in Italien suchte er das Land seiner geistigen Heimat, die Antike, und fand sie vor allem in der Druckwerkstatt des Aldus Manutius. Durch seltsame Zufälle verschlug es ihn in die Schweiz. Das Manuskript seines Hauptwerks, der *Adagia*, sollte eigentlich zu Badius nach Paris gebracht werden, doch der Verlagsagent Franz Berckmann, der es transportierte, lieferte es bei Froben in Basel ab. Erasmus verfügte sich dort hin, brachte das Buch zum Druck, und es entwickelte sich eine lebenslange Freundschaft mit Froben, die dazu führte, dass Erasmus seine Altersjahre vornehmlich in Basel verbrachte, bis er dort von der Reformation vertrieben wurde. Die Zeit bis zu seiner Rückkehr nach Basel überbrückte er im nahe gelegenen, katholischen Freiburg. Mehrere Städte trugen ihm das Bürgerrecht an, alle lehnte er ab, weil er sich nicht als Teil einer Stadt oder eines Landes, sondern als Bürger der Welt verstand.

Wie mit den Städten, so auch mit den Fraktionen und Parteien: Erasmus suchte den Ausgleich. Das trug ihm in einem Zeitalter der Religionsstreitigkeiten und der Religionskriege die Abneigung beider Seiten ein. Er selbst aber hielt es sich zugute: In einem (undatierten) Brief an die Brüder in den Niederlanden, die *fratres Germaniae inferioris*, schreibt er, dass die anderen sich freuen mögen, worüber sie wollen, er freue sich über nichts mehr, als dass er niemals einer Sekte angehört habe. In einer Verteidigungsschrift gegen Ulrich von Hutten aus dem Jahr 1523, der *Spongia Erasmi adversus aspergines Hutteni*, die ebenfalls im Kontext des Konfessionszwists entstand, sagte er es noch deutlicher und bündiger: „Ich liebe die Freiheit. Ich will und kann keiner Partei dienen."

Umso mehr erstaunt die Ernennung Erasmus' zum Namensgeber der parteinahen Stiftung der AfD im Sommer 2018 – einer Partei, die man mit Weltbürgerlichkeit, Toleranz und vehementem Pazifismus, mit tiefer Abneigung gegen Anmaßung, Streit und Parteienzank, mit Freigiebigkeit und Herzensgüte gegenüber Fremden und Verfolgten eher weniger in Verbindung bringt. Genau dafür aber steht Desiderius Erasmus von Rotterdam. Von sich selbst sagte er, der Anblick eines Lügners verursache ihm physische Übelkeit.

Auch sein Verhältnis zu Deutschland ist zwiespältig. Zwar gibt er beim ersten Einzug in Basel (nach seinem Biographen Johan Huizinga) zu, „Germanien [...] zu meinem Bedauern und zu meiner Scham so spät kennengelernt zu haben". An anderer Stelle aber kamen ihm die deutschen Gelehrten im Vergleich zu den italienischen Kollegen wenig hilfsbereit und recht egoistisch vor; auch schreckten ihn an Deutschland „Unsicherheit und Kachelöfen". Im Grunde aber scheint er Deutschland kaum gekannt zu haben – und zufrieden damit gewesen zu sein. So schrieb er in der oben genannten Verteidigungsschrift von 1523: „Deutschland habe ich auch nur ein und das andere Mal in meinem Leben betreten, und zwar nur einige Städte, die nahe am Rhein liegen, nämlich einmal Frankfurt und neulich Freiburg; ich habe auch keine große Lust weiter hinein zu gehen. [...] So gerne ich die Freundschaft der Deutschen genieße, so wenig bedarf ich, Gott sei's gedankt, ihrer Wohltaten."

Das scheint die Stiftung der AfD ebenso wenig zu stören wie die Tatsache, dass man nicht einmal genau weiß, wie gut oder ob er überhaupt des Deutschen mächtig war; zum Publizieren reichte es jedenfalls nicht – und das war auch gar nicht Erasmus' Absicht, er wollte in der Weltsprache Latein veröffentlichen. Ausnahmslos alle seine Briefe und Werke verfasste er auf Latein, seine letzten Worte sprach er – einem Bericht des Beatus Rhenanus gemäß – nachdem er auf Latein „O Jesu, misercordia; Domina libera me; Domine miserrere mei!" gestöhnt hatte, auf Niederländisch: „Lieve God". Zu Erasmus' Zeit ist das Lateinische die Sprache des Geistes und der Geistlichkeit, die Sprache der Internationale, sie ermöglicht schrankenlosen Schriftverkehr zwischen Lissabon, Stockholm und

Bagdad. Es ist die überzeitliche Sprache der Kunst und Kultur, die keinen Alltag kennt, keinen Territorien verpflichtet ist, keine Tagesbefehle annimmt. Jahrtausendealte Gedanken sind in diesem Idiom eingespeichert.

Dass sich eine Stiftung zu einer Figur wie Erasmus „bekennen" will (so Konrad Adam auf der Website der Desiderius-Erasmus-Stiftung, Stand September 2018), erfüllt mit Hoffnung und Freude, können wir sie doch künftig an diesem Anspruch messen: Was könnte es Schöneres geben als eine Stiftung, die sich an einem Menschen orientiert, der in einem Brief von sich sagt: „ich hasse nichts so, wie geschworene Parteigänger" und meinte: „Macht ohne Güte ist reine Gewaltherrschaft". Einer, der am Ende des fünften Kapitels seiner Schrift *Institutio Principis Christiani* so schöne Gedanken entwickelt wie den, dass ein heidnischer Herrscher vielleicht damit genug tue, „gegen seine eigenen Bürger gütig zu sein und gegen Fremde nur gerecht", dass aber ein christlicher sich „ständig bemühen müsse, dass niemandem Unrecht geschieht", ja, dass er sich „noch mehr davor hüten müsse, dass ein Fremder gekränkt wird, weil die Gäste ohne Hilfe ihrer Freunde und Verwandten dem Unrecht mehr ausgesetzt sind".

Die wachsende Beliebtheit der Figur des Erasmus soll dem Verlag Das Kulturelle Gedächtnis willkommene Gelegenheit bieten, sein Denken mit einer kleinen Auswahl aus seinem Hauptwerk, den *Adagia*, der heutigen Öffentlichkeit wieder nahe zu bringen. Darin nämlich versuchte Erasmus, das kulturelle Gedächtnis der abendländischen Kultur anhand der Sprichwörter aufzuzeigen, die seit der klassischen Antike im Sprachschatz lebendig sind. Sie bilden zugleich das sprachliche Sediment und Fundament abendländischen Handelns und Denkens, sie sind „Ausdruck uralter Lebensweisheit", wie Erasmus im Widmungsschreiben an seinen englischen Bekannten Lord Mountjoy selbst hervorhebt.

Die *Adagia* waren es, die Erasmus weithin bekannt und berühmt machten. Seit der Erstausgabe unter dem Titel *Collectanea Adagiorum* im Sommer 1500 (bei Philippi in Paris) brachte er das Werk in immer neuen, immer umfangreicheren Ausgaben heraus. Die erste Ausgabe umfasste 818 Sprichwörter. Schon 1508 erscheint eine neue, stark erweiterte Ausgabe bei Aldus Manutius in Venedig, die es auf 3285 Einträge brachte. In der Ausgabe von 1515 (bei Froben in Basel) beginnt Erasmus, größere Essays einzuflechten, die in noch stärkerem Maße seine persönlichen Einstellungen zu den behandelten Themen preisgeben. Bis zu seinem Lebensende wird er 4151 Weisheiten in vier Büchern gesammelt und beschrieben haben (die vorliegende Auswahl gibt über jedem Sprichwort die Zählung der Leidener Gesamtausgabe wieder, die auch die von uns genutzte Übersetzung von Theresia Payr verwendet; dahinter die fortlaufende Zählung nach der französisch-lateinischen Gesamtausgabe von 2011, aus der wir ergänzend übersetzten). Das tendenziell enzyklopädische Werk ist wie die Kultur, aus der es schöpft, tendenziell unendlich, unabschließbar.

Die Offenheit der *Adagia* aber liegt nicht nur in der schieren Zahl der Einträge begründet, sondern auch in der Funktion des Buches. Die *Adagia* sind Sprichwortarchiv und mentaler Durchlauferhitzer in einem, sie dokumentieren nicht nur antikes Material, sondern rufen zur kreativen Anverwandlung auf. Einerseits ist die Sammlung ein Nachschlagewerk, um bei der Lektüre lateinischer und griechischer Texte schlau zu werden aus rätselhaften Redewendungen. Bis heute kennt jeder, der eine Fremdsprache erlernt, die Problematik, aber auch den Reiz von Sprichwörtern: ihren speziellen, kulturellen Sinn, der sich nicht aus der Wortbedeutung allein erschließt. Früh wird uns etwa beigebracht, dass die Wendung *it's raining cats and dogs* kein Bombardement aus Säugetieren beschreibt. In diesem Sinne sind die *Adagia* ein Werkzeug der Lektüre. Aber das Werk funktioniert auch andersherum: Es stellt ein Reservoir an Sprach- und Denkfiguren für das

Verfassen neuer Texte bereit. Das internationale und überzeitliche Idiom des Lateinischen kann durch die ungeheure Vielzahl der geprägten Wendungen, der geflügelten und goldenen Worte und Verse, der Sprichwörter und Merksätze dem Benutzer unter die Arme greifen. Man kann kaum eine Seite Latein schreiben, ohne einen Klassiker zu zitieren, schon gar nicht in der Renaissance. Die überlange Tradition dieser Sprache übt aber auch heilsamen Druck aus: Wer auf Latein Quatsch verzapfte, blamierte sich vor Jahrtausenden mediterraner Kultur. Gerade durch seine *Adagia* wird Erasmus zu einem stilbildenden Autor des Lateinischen und hilft ungezählten Generationen von Studenten und Gelehrten dabei, sich im Lesen und Schreiben nicht zu blamieren. Die Raffinierung des sprachlichen Stils, die Verfeinerung der denkerischen Genauigkeit und die Hebung des moralischen Standards: Diese drei humanistischen Anliegen sind für den Geist der Renaissance nicht zu trennen. Als Einheit werden sie in den *Adagia* trainiert.

So ist es zu verstehen, wenn Erasmus nicht nur ausführt, was ein bestimmtes Sprichwort *bedeutet*, sondern auch, was es in einer bestimmten Verwendung, in einem bestimmten Zusammenhang *bedeuten kann*. Indem Erasmus so mit einem Werk gleich zwei Fenster öffnet, ermöglicht er den Durchzug im Hirn. Der frische Wind heißt Antike. Auch heute.

Die Antike, auf die Erasmus Zugriff hat, ist im Großen und Ganzen die Antike, auf die wir heute Zugriff haben. Im Laufe des 15. und 16. Jahrhunderts haben die fleißigen Humanisten fast alles ediert, was von der Antike nach Jahrhunderten der Zerstörung übriggeblieben ist. Große Bedeutung kommt hierbei der venezianischen Druckerwerkstatt des Aldus Manutius zu, in der Erasmus zeitweise als ein Freund des Hauses und des Hausherrn lebt. Obwohl ihn ein Nierensteinleiden plagte (der große Humanist war im Körperlichen, wie sein Kollege und leider späteres Opfer Sebastian Franck schrieb, „nit groß/ sunder kleins/ plöds/ schwachs leibs"), arbeitete Erasmus in Venedig unablässig an der Vervollständigung der *Adagia*-Ausgabe von 1508. Hier vollzieht sich für sein Werk nicht nur ein entscheidender quantitätischer Sprung, sondern auch ein qualitativer. Rund um Aldus blüht die griechische Gelehrsamkeit, die das Wissen des lateinischen Westens vervollständigt. Die Werkstatt des Meisterdruckers ist auch Akademie: es wird nicht nur Druckschwärze auf Papier aufgebracht, Texte werden auch ausgegraben, diskutiert, eingerichtet, übersetzt, kompiliert, korrigiert, kommentiert. Im wahrsten Sinne des Wortes entstehen hier Inhalte und Bücher. Aldus ist nicht mehr nur ein Drucker, er ist bereits ein Verleger.

Dass die Bibliothek von Venedig glänzend ausgestattet ist, ist das eine. Das andere und Wichtigere aber sind die Menschen, vor allem die Griechen, die sich in der Stadt auf dem Wasser aufhalten. Nach dem Vormarsch der Osmanen im östlichen Mittelmeerraum und vollends nach der Eroberung Konstantinopels durch die Osmanen 1453 kommen unzählige Flüchtlinge nach Venedig, mit ihnen Wissen, Sprachkompetenz und – Bücher. Ohne diese Flüchtlingskrise zur Mitte des 15. Jahrhunderts gäbe es das Werk des Erasmus, allen voran seine *Adagia*, nicht in der Form, wie wir es kennen. Warum? Ohne diese Flüchtlingskrise gäbe es die ganze Epoche der Renaissance, mithin ein modernes Europa, nicht, wie wir es kennen. Solch massiver und für die Griechen nicht ganz freiwilliger Kulturaustausch erweist sich, auch und gerade am Beispiel des Erasmus, als ein Glücksfall und ein Geschenk für die Mitteleuropäer. Ohne Zweifel ist es der barbarische Norden, der einmal mehr von den Lektionen des Südens profitiert.

Wolfgang Hörner und Tobias Roth

I, 1, 1 = 1

Amicorum communia omnia
Freundesgut, gemeinsames Gut

Kein Sprichwort ist so beglückend und so berühmt wie dieses, darum soll es als gutes Omen meine *Adagien*-Sammlung eröffnen. Würden die Menschen dieses Wort so bewusst im Herzen tragen, wie es ein jeder beständig im Munde führt, wahrhaftig, unser Leben wäre um ein gut Teil seiner Sorgen leichter.

Aus diesem Spruch zog Sokrates den Schluss, dass ein guter Mensch alles besitzt, genau wie die Götter. Den Göttern, sagt er, gehört alles. Die guten Menschen sind Freunde der Götter. Unter Freunden ist jeder Besitz gemeinsam. Also besitzt ein guter Mensch alles. Das Sprichwort steht bei Euripides im *Orest*:

Denn Freundschaft ist Gemeinsamkeit.

Und in den *Phönikerinnen*:

Das Leid auch teilen die Freunde.

Und in der *Andromache*:

Denn Freunde haben nichts gesondert, sind sie Freund'
In Wahrheit, nein, gemeinsam ist all ihr Besitz.

Terenz in den *Adelphoi*:

Es gibt ein altes Wort: Gemeinsam sollte unter Freunden alles sein.

Das soll auch in der gleichnamigen Komödie Menanders gestanden haben. Cicero im 1. Buch *Vom rechten Handeln*:

Wie es in einem griechischen Sprichwort heißt: Freundesgut, gemeinsames Gut.

Es wird auch von Aristoteles im 8. Buch der *Ethik* und von Platon im 5. Buch der *Gesetze* zitiert. Platon sucht an dieser Stelle zu beweisen, dass die Grundlage für Glück und Gedeihen eines Staates die Gütergemeinschaft sei:

Der vollkommenste Staat, die vollkommenste Verfassung und die besten Gesetze sind dort, wo der alte Spruch, dass der Freunde Besitz in Wahrheit ein gemeinsamer ist, soweit wie möglich in die Tat umgesetzt wird.

Er sagt auch, dass in einem Gemeinwesen dann Glück und Zufriedenheit herrschen würden, wenn man in ihm die Worte *mein* und *dein* nicht hörte. Es ist erstaunlich, wie wenig Gefallen die Christen an diesem Platonischen Kommunismus finden, wie hart sie ihn verurteilen, obwohl kein heidnischer Philosoph je etwas gesagt hat, das so sehr dem Geiste Christi entspricht. Im 2. Buch der *Politik* schwächt Aristoteles die Auffassung Platons ab und schlägt vor, dem Einzelnen das Privateigentum zu lassen; seine Verwendung, die Erfüllung sittlicher Pflichten und soziales Verhalten würden es ohnedies zum Gemeinschaftsbesitz machen, wie es das Sprichwort verlange.

Martial macht sich im 2. Buch über einen gewissen Candidus lustig, der diesen Ausspruch ständig im Mund führte, gleichwohl aber den Freunden nichts von seinen Gütern abgab:

‚Freunden ist alles gemein'. Ist, Candidus, dies das ‚gemeinsam?',
Wie du es stets mit Gewicht kündest bei Tag und bei Nacht?

Und er schließt das Epigramm mit den Worten:

Du gibst, Candidus, nichts, sprichst dann von ‚Freunden gemein'?

Sehr schön sagt Theophrast bei Plutarch in der kleinen Schrift *Über die Bruderliebe*:

Wenn Freunde alles gemeinsam haben, dann müssen sie vor allem die Freunde gemeinsam haben.

Cicero scheint den Ausspruch dem Pythagoras zuzuschreiben, wenn er im 1. Buch der *Gesetze* sagt:

Daher auch jenes Wort des Pythagoras: Freundesgut, gemeinsames Gut und: Freundschaft ist Gleichheit.

Auch Timaios gibt – bei Diogenes Laertius – an, dass das Wort ursprünglich von Pythagoras stamme. Und Aulus Gellius berichtet im 1. Buch, Kap. 9, der *Attischen Nächte*, dass Pythagoras nicht nur diese Sentenz geprägt, sondern auch eine Lebens- und Gütergemeinschaft der Art eingeführt habe, wie sie Christus unter den Christen verwirklicht sehen will. Denn wer von ihm in seinen Lehrverband aufgenommen wurde, stellte sein gesamtes Hab und Gut der Gemeinschaft zur Verfügung. Und das ist im Vollsinn des Wortes ein Zönobium, das seinen Namen ja von der Lebens- und Gütergemeinschaft hat.

I, 1, 69 = 69

Homo homini deus Der Mensch dem Menschen ein Gott

Dieses Sprichwort ähnelt dem vorhergehenden: *Der Mensch ist für den Menschen ein Gott*. Man bringt es für gewöhnlich an, wenn jemand plötzlich und unerwartet zu unserer Hilfe eilt oder uns irgendeine große Wohltat erweist. Im Altertum glaubte man entsprechend, dass ein Gott nichts anderes ist als dasjenige, was den Sterblichen hilft. Deshalb wurden etwa die Erfinder des Ackerbaus, des Weines, der Gesetze oder sonstiger Erleichterungen des Lebens von den Alten für Götter gehalten. Das ging so weit, dass sie auch Tiere als Götter verehrten. So verehrten etwa die Ägypter den Storch, weil sie glaubten, dass er zu einer bestimmten Jahreszeit die Schlangen aus den Sümpfen Arabiens vertreiben, abwehren und töten würde, und ebenso verehrten die Römer die Gans, weil Gänse durch ihr Geschnatter die Wachen geweckt und so das Kapitol vor dem Ansturm der Gallier beschützt hatten. Genau darauf weist Cicero hin, wenn er im 1. Buch seines Werks *Über die Natur der Götter* schreibt:

Daraus schließe ich, dass den Barbaren manche Tiere aufgrund ihrer Nützlichkeit heilig sind.

Darüber hinaus bezeugt Prodikos von Keos, dass auch unbeseelte Gegenstände wie die Sonne, der Mond, das Wasser oder die Erde für Götter galten, weil sie dem Leben zuträglich waren und die Sterblichen große Vorteile von ihnen genossen. Wie Lukian im *Toxaris* bezeugt, schworen die Skythen bei Wind und Schwert als ob sie Götter wären, da der eine den Atem gibt, das andere den Tod. Aber, wie auch Cicero sagt, die allermeisten guten und schlechten Dinge widerfahren dem Menschen durch den Menschen, und die Eigenart der Götter ist es, zu retten und zu helfen. Aus diesem Grund wird derjenige, der zu uns eilt und uns in großer Gefahr Hilfe leistet, ein Gott genannt, da er für den, dem er beisteht, fast wie ein Gott auftritt. In diesen Zusammenhang gehört auch die ehrwürdige Formel bei Homer und Hesiod:

die Götter, die Spender des Guten.

Das ist es auch, was Strabo im 10. Buch sagt:

Es heißt zurecht, dass die Sterblichen die Götter dann am besten nachahmen, wenn sie Wohltäter sind.

Weiterhin teilt er uns im 17. Buch mit, dass manche Ägypter die Gottheit als doppeltes Wesen auffassen: ein unsterbliches, das alle Dinge hervorgebracht hat, und ein sterbliches, dessen Namen wir nicht kennen. Wer ihnen eine Wohltat erwiesen hat, den verehren sie fast wie einen Gott.

Ebenso sagt man landläufig von Menschen, die aus verwirrten, hoffnungslosen und gefährlichen Umständen errettet wurden, dass ein Gott sie gerettet hat. Bei Horaz heißt es:

So hat Apoll mich gerettet.

Ebenso schreibt er in den *Oden*, dass er im Krieg von Merkur gerettet wurde und ihn Faunus vor einem umfallenden Baum bewahrt hat. Auch Juvenal spielt darauf an, wenn er sagt:

Dass ein Gott oder ein den Göttern ähnlicher
Gnädiger als das Geschick dir 400.000 schenkt.

Ebenso Vergil im *Tityrus*:

Oh Meliboeus, ein Gott hat mir diese Muße verliehen.
Für mich wird er immer ein Gott sein: oft wird für ihn
Der Altar vom Blut eines meiner Lämmer triefen.

Im Anschluss daran gibt er den Grund an, warum er Caesar unter die Götter zählt, indem er von dessen Wohltat spricht:

Ihm verdanke ich, dass meine Rinder umherschweifen, wie du siehst,
und dass ich auf der ländlichen Flöte spielen kann.

Plinius der Ältere erklärt im 2. Buch seiner *Historia naturalis* das griechische Sprichwort noch deutlicher, aber mit Geringschätzung spricht er über die Götter, ebenso faselt er kurz darauf über die Unsterblichkeit der Seele und die Auferstehung des Körpers. Denn nachdem er sich über die Vielheit der Götter lustig gemacht und geleugnet hat, dass ein höchster Gott, unter dem er die Welt oder die Natur oder was weiß ich was versteht, sich um die Sterblichen kümmert, sagt er:

Gott ist für einen Sterblichen, einem Sterblichen zu helfen. Das ist der Weg zu ewigem Ruhm. Auf diesem Weg gingen die Vornehmsten unter den Römern, diesen Weg beschreitet nun mit himmlischen Schritten der größte Herrscher aller Zeiten, Kaiser Vespasian, in Begleitung seiner Kinder, um die müde Welt zu stützen. Es ist der urälteste Brauch, die so Verdienstvollen unter die Götter zu zählen, um ihnen den Dank zu erweisen. Schlussendlich gehen die Namen aller Götter und Sterne, von denen ich oben sprach, sämtlich auf verdienstvolle Menschen zurück.

Soweit Plinius.

Ovid sagt:

Einen Menschen zu retten, ist für den Menschen ein schickliches Vergnügen,
Und durch nichts kommt man so sehr in Gunst.

Plutarch schreibt in seiner Abhandlung gegen ungebildete Fürsten, dass die Götter nicht deshalb selig sind, weil sie so lange leben, sondern weil sie Herren und Schöpfer der Tugend sind. Ferner bezeichnet Paulus die Mildtätigkeit als die größte aller Tugenden; diese Mildtätigkeit besteht darin, dass wir den größten Dienst den meisten Menschen erweisen. So sieht es auch Gregor von Nazianz in seiner Rede über die Armenfürsorge, in der es heißt:

> *Du wirst für den Elenden ein Gott sein, wenn du dem Mitleid Gottes nacheiferst, denn nichts ist im Menschen dem Göttlichen ähnlicher als seine Fähigkeit, Gutes zu tun.*

Gleichwohl kann man keinen Sterblichen als Gott bezeichnen, auch nicht aus Scherz oder Gefälligkeit. Eine so übermäßige und hässliche Schmeichelei darf für uns niemals zur Gewohnheit werden. Dennoch aber kann man dieses Sprichwort auf eine Art und Weise gebrauchen, die weder unschicklich noch ungeschickt ist, etwa wenn man sagt: „Als mich so viel Unheil bedrückte, als kein einziger Sterblicher mir beistehen wollte oder konnte, bist gegen alle Erwartungen du alleine zu mir gekommen und hast mir geholfen. Du hast mich nicht nur vor dem nahen Tod gerettet, sondern mich so umsorgt, dass es mir besser geht als je zuvor. So wird man von uns beiden, wie von niemandem sonst, mit jenem alten griechischen Sprichwort sagen können, dass der Mensch dem Menschen ein Gott ist."

Oder auf diese Weise: „Alles verdanke ich der Literatur, auch mein Leben. Aber dir verdanke ich die Literatur selbst, denn deine Freigiebigkeit ermöglicht und ernährt die mir nötige Muße. Was können die Griechen also mit dem Satz, dass der Mensch dem Menschen ein Gott ist, meinen, wenn nicht dieses?"

Oder so: „Wer uns durch eine kleine Wohltat beisteht, der ist in jedem Falle ein Freund. Aber ein Mensch, der durch seine Fähigkeiten, durch seine Fürsorge und seinen Fleiß unser entfliehendes Leben erhält und uns zurückgibt, wie es sonst ein Arzt tut,

von dem kann man mit den Griechen sagen, dass der Mensch dem Menschen ein Gott ist."
Oder so: „Die Lage war dahin gekommen, dass die Hilfe selbst nicht mehr helfen konnte. Da bist du wie ein himmlisches Wesen vor mir erschienen, hast das Unheil im Handumdrehen vertrieben, und hast mich unerwartet, unverhofft an meinen alten Platz zurückversetzt. Jetzt habe ich verstanden, dass die Griechen nicht leichthin gesagt haben, dass der Mensch für den Menschen ein Gott ist."
Oder so: „Du bist mir bisher immer der beste Freund gewesen, aber in diesem Fall bist du wirklich nicht nur mein bester Freund gewesen, sondern ich würde fast mit dem Sprichwort der Griechen sagen, dass der Mensch für den Menschen ein Gott ist."

I, V, 40 = 440

Unus vir nullus vir
Einer ist keiner

Das heißt, dass ein einzelner Mensch ohne die Hilfe anderer nichts Bedeutendes zustande bringen kann. In diese Richtung geht auch, was Euripides in den *Herakliden* sagt:

Denn eine einsame Hand taugt nicht zum Kampf.

Von ihm ist auch der Satz:

Der einzelne Mann sieht nicht alles.

Dieses Sprichwort kann verschiedentlich gebraucht werden, etwa um zu sagen, dass das Leben bitter ist ohne den täglichen Umgang mit einem Freund, dass man sich nicht dem Urteil nur eines Einzelnen ausliefern sollte, oder dass die geistige Beschäftigung ohne einen Gefährten, der, wie man sagt, derselben Muse nacheifert, schlichtweg erfriert. Kurzum, man kann das Sprichwort in Bezug auf jedwede Tätigkeit anwenden, die ohne die Mithilfe eines anderen nicht vollbracht werden kann. Zenodot erwähnt dieses Sprichwort.

I, 6, 95 = 595

Nosce te ipsum
Erkenne dich selbst

Auf diese Lebensweisheit beziehen sich die drei Sentenzen, die von allen Sprüchen der Weisen die größte Berühmtheit erlangt haben. Nach dem Zeugnis Platons im *Charmides* waren sie sogar als Inschrift auf der Eingangsfront des Delphischen Apollotempels zu lesen, wo die Amphiktyonen sie hatten anbringen lassen: Worte, die der Weisheit dieses Gottes würdig schienen.
Die erste von diesen Sentenzen lautet: *Erkenne dich selbst.* Darin liegt die Mahnung, sich seiner Grenzen bewusst zu sein und für das Handeln das rechte Maß zu finden, damit wir nicht Ziele verfolgen, die über unsere Kräfte gehen oder vielleicht auch unter unserer Würde sind. Denn das ist ja die Wurzel allen Übels im Leben, dass ein jeder von sich eine hohe Meinung hat und in falscher Eigenliebe sich selbst unverdientermaßen alle die Qualitäten zuschreibt, die er den anderen ungerechterweise abspricht.
Cicero im 3. Buch der Briefe an seinen Bruder Quintus:

Du darfst nicht meinen, dass das Wort ‚Erkenne dich selbst' nur gesprochen ist, um unseren Hochmut zu dämpfen; es besagt auch, dass wir uns unserer Vorzüge bewusst sein sollen.

Unter den sprichwörtlichen Sentenzen ist auch der folgende Trimeter überliefert:

Erkenn dich selbst, das ist doch stets ein guter Rat.

Nonius Marcellus zitiert eine Varronische Satura mit dem Titel *Erkenne dich selbst.*

Ovid in der *Liebeskunst*:

Wo die Inschrift steht, die, berühmt rings über dem Erdkreis,
Jeglichem Menschen zuerst sich zu erkennen gebeut.

Juvenal:

Kam doch vom Himmel herab der Spruch: Erkenne dich selbst.

Ovid hält Pythagoras für den Urheber dieser Sentenz. Der Sokrates Platons glaubt, sie stamme von Apollon; Platon im *Phaidros*:

Ich bin immer noch nicht imstande, mich selbst zu erkennen, wie es die Inschrift in Delphi verlangt.

Einige meinen, sie sei wie so vieles andere aus dem Ozean Homers geschöpft. Denn bei ihm weicht Hektor, der gegen alle anderen kämpfte, dem Aiax aus, weil er stärker war als er selbst. Der Dichter sagt:

Aber mit Telamons Sohn, mit Aiax, vermied er zu streiten.

Diogenes Laertius gibt den Spruch dem Thales. Antisthenes schreibt ihn – ebenfalls bei Diogenes – dem Phemonoas zu, sagt jedoch, Chilon habe ihn für sich in Anspruch genommen.

Thales erwiderte auf die Frage:

Was ist schwierig? ‚Sich selbst erkennen'. Und was ist leicht? ‚Die anderen tadeln'.

Macrobius erzählt im 1.Buch seines Kommentars zum *Traum Scipios* von einem Mann, der sich an das Delphische Orakel um Rat wandte, auf welchem Wege er zur Glückseligkeit gelangen könnte, und zur Antwort erhielt: *Auf dem Wege der Selbsterkenntnis.* Eine ähnliche Auskunft erteilte das Orakel auch dem Kroisos, wie Xenophon in der *Kyrupädie* berichtet. Die griechischen Gnomensammlungen zitieren aus Antiphanes den Trimeter:

Ein Mensch bist du, mein Bester, wahre Menschenmaß!

Pindar formuliert die Sentenz folgendermaßen:

Sterbliches kommt Sterblichen zu.

Demonax antwortet auf die Frage, wann er sich der Philosophie zugewandt habe:

Als ich begann, mich selbst zu erkennen.

Obwohl es in Griechenland so viele berufsmäßige Weise gab, hat das Orakel Apollons einzig Sokrates für weise befunden; er erklärte sich das so, dass er den anderen, welche behaupteten, etwas zu wissen, während sie in Wirklichkeit nichts wussten, in einem Punkt überlegen sei: Er wisse nämlich, dass er nichts wisse, und behaupte, nur dies mit Sicherheit zu wissen. Übrigens hat Anaxarchos den Sokrates an Bescheidenheit noch übertroffen; er erklärte nämlich, er wisse nicht einmal das, dass er nichts wisse.

Beim Komiker Menander hält einer diesen allgemein anerkannten Spruch für korrekturbedürftig:

In mancher Hinsicht, find' ich, ist der Spruch verfehlt:
‚Erkenn' dich selbst', denn von weit größerm Nutzen wär'
Das Wort: ‚Erkenn' die andern'.

I 8, 62 = 762

In diem vivere.
Ex tempore vivere
In den Tag hinein leben.
Aus dem Stegreif leben

In den Tag hinein leben heißt, sich mit dem, was der Augenblick bringt, zufriedengeben und von dem leben, was sich gerade bietet, ohne sich viel Sorgen um die Zukunft zu machen. Die Griechen nennen diese Lebensweise *kathemérios biós*, also das Leben von einem Tag zum andern, und die, die so leben, *kathemeróbioi*.
Theokrit im 13. *Idyll*:

Die wir Sterbliche sind und an das Morgen nicht denken.

Aristophanes in den *Rittern*:

Will Gerste dir besorgen und dein täglich Brot.

Homer, *Odyssee* 21:

Töricht seid doch ihr Bauern, könnt nur an den Augenblick denken.

Persius:

und lebst aus dem Stegreif,

das heißt unbekümmert um die Zukunft. Daher auch der Ausdruck ‚aus dem Stegreif sprechen', das heißt ohne Vorbereitung. Ähnlich ist die Wendung ‚von einer Stunde zur andern', die Cicero in der 5. *Philippischen Rede* gebraucht:

> *Dies alles tat Hannibal nicht; er brachte viel zum späteren Gebrauch beiseite, aber die, die nur von einer Stunde zur anderen lebten, dachten weder an das Hab und Gut der Bürger noch auch an ihren eigenen Vorteil.*

In diese Kategorie gehört auch, was Horaz in der *Ars poetica* schreibt:

> *und ändert sich stündlich,*

das heißt ständig.

Diese Lebensform hat, als die vollkommenste von allen, Christus gebilligt; er hat selbst stets danach gelebt und hat sie seinen Jüngern als Vorbild hingestellt, dass auch sie danach leben. Doch sonderbar: Jetzt findet sie so gar keine Billigung, auch bei denen nicht, die als Superchristen gelten möchten.

I, 8, 91 = 791

Bis dat, qui cito dat
Wer schnell gibt, gibt doppelt

Ich entsinne mich, irgendwo bei Seneca, wenn ich nicht irre, gelesen zu haben: *Wer schnell gibt, gibt doppelt.* Er sagt auch im 2. Buch *Von den Wohltaten*:

> *Eine Gabe, die lange in der Hand des Gebers bleibt, macht keine Freude.*

Diese Sentenz ist eine Mahnung, den Freunden nicht zögernd und widerwillig zu helfen, sondern von sich aus und bevor man noch darum gebeten wird, seine Dienste anzubieten.

In der Sammlung der griechischen Epigramme ist unter dem Namen Lukians folgendes Distichon überliefert:

> *Rasche Gefälligkeit nur ist wirklich erfreulich, doch säumt sie,*
> *Ist die Gefälligkeit leer und nicht Gefälligkeit mehr.*

Diese Verse lassen sich nicht adäquat ins Lateinische übersetzen, weil der Reiz und die Pointe des Epigramms im Wort *charis*

(Gefälligkeit) liegt, das im Griechischen bald eine Wohltat, bald den Charme, der etwas anziehend macht, bald die Göttin selbst bezeichnet. Eine ähnliche griechische Sentenz wird bei Ausonius zitiert:

Späte Gefälligkeit ist keine Gefälligkeit.

Es ist der Anfang eines Hexameters und stammt aus irgendeinem Epigramm. Ausonius übersetzt das so:

Kommt die Gefälligkeit spät, so ist sie nicht mehr gefällig,
Rasche Gefälligkeit nur wirklich gefällig uns dünkt.

Und sein zweiter Übersetzungsversuch:

Willst etwas Gutes du tun, tu's eilig, denn eilig erwiesen
Ist's ein Gefallen, jedoch später Gefallen missfällt.

Deshalb hat auch Hektor im *Rhesos* des Euripides für die verspätete Unterstützung der Freunde nur Verachtung und Ablehnung:

Ich hasse den, der Freunden spät erst Hilfe bringt.

Es gibt auch einen recht hübschen Mimus mit dieser Sentenz als Titel:

Zwiefältig freut, wenn du, was nottut, selbst gibst,

und noch einen zweiten, der ganz ähnlich ist:

Es zählt die Wohltat doppelt, die man rasch erweist.

I, 9, 69 = 869

Elephantum ex musca facis
Aus einer Mücke einen Elefanten machen

Du machst aus einer Mücke einen Elefanten, das heißt du stellst eine minimale Sache übertrieben und aufgebauscht dar. Lukian im *Lob der Fliege*:

> *Ich hätte noch viel zu sagen. Trotzdem komme ich nun zum Schluss meiner Rede; denn ich will nicht den Eindruck erwecken, dass ich – nach dem Sprichwort – aus der Mücke einen Elefanten mache.*

Der Ausdruck könnte aus Homer genommen sein, der mitten unter den Kämpfen von Göttern und Menschen die Dreistigkeit einer Mücke beschreibt, mit der er den unüberwindlichen und verwegenen Krieger Menelaos vergleicht (*Ilias* 17). Ja, auch der Heilige Augustinus trägt keine Bedenken, in seinem Buch *Über die beiden Seelen gegen die Manichäer* eine Fliege der Sonne an die Seite zu stellen und sie ihr, als belebtes Wesen dem unbelebten, sogar vorzuziehen.

I, 10, 38 = 938

Vir fugiens haud moratur lyrae strepitum Ein Flüchtender verweilt nicht beim Klang der Lyra

Dieser sprichwörtliche Vers bezieht sich auf diejenigen, die in gefährlichen und ernsten Umständen sich nicht um weniger wichtige Dinge kümmern. Denn wer vor dem Krieg flüchtet, wird sich kaum die freie Zeit nehmen, um einem Musiker zuzuhören. Man kann das Sprichwort vielfältig anwenden: Zum Beispiel, um zu sagen, dass wir unsere Zeit nicht mit obszönen Tändeleien vergeuden sollten, wo unser Leben doch so vielen Gefahren ausgesetzt ist. Diesen Inhalt drückt Seneca sehr schön in einem seiner Briefe an Lucilius aus:

> *Wir wollen die hochverfeinerten Spielereien beiseitelassen und zu dem eilen, was uns eine wirkliche Hilfe sein kann. Niemand liest sich den Programmzettel der Spiele durch, während er besorgt um eine Tochter in den Wehen die Hebamme kommen lässt. Niemand schaut sich aufmerksam das Spielbrett an und überlegt sich den*

nächsten Zug, während er zu seinem brennenden Haus rennt. Aber, beim Herkules, das ist genau das, wovon dir überall erzählt wird: dein Haus brennt ab, deine Kinder sind in Gefahr, deine Heimat wird belagert, deine Güter werden geplündert. Nimm noch Schiffbrüche und Erdbeben hinzu und wovor man sonst noch Angst haben kann. Während du von solchen Dingen umzingelt bist, findest du die Zeit, dich an Gedankenspielen zu ergötzen?

Plutarch schreibt in seinem Büchlein über das Ei von Delphi:

Die Harfe und die Lyra trösten den Leidenden nicht.

Hierzu passt auch das Wort aus dem Buch *Ecclesiasticus*:

Musik in der Trauer eine Erzählung zur Unzeit.

I, 10, 40 = 940

Vir fugiens et denuo pugnabit
Ein Flüchtender wird noch einmal kämpfen

Dieser sprichwörtliche Vers ermahnt uns, nicht so schnell den Mut zu verlieren, wenn uns ein Unglück begegnet. Denn die Besiegten können zu Siegern werden. Deshalb nennt Homer den Sieg wankelmütig, das heißt, dass er bald den einen, bald den anderen zufällt. Entsprechend sagt im achten [eigentl. sechsten] Buch seiner *Ilias* Paris zu Hektor:

Es wechselt der Sieg um die Männer.

Ebenso im 3. Buch der *Ilias*:

Jetzo hat Menelaos mir obgesiegt mit Athene;
Ihm ein andermal ich; denn es walten ja Götter auch unser.

Dem Demosthenes wurde von seinen Feinden als Schande vorgehalten, dass er in der Schlacht bei Chaironeia, in der der Makedonenkönig Philipp die Athener besiegte, seinen Schild fortwarf und weglief. Deshalb erhielt er den schmachvollen Beinamen

Schildwerfer. Demosthenes, ein nicht gerade schüchterner Mensch, pflegte auf diese Beschimpfung mit jenem sprichwörtlich gewordenen, sehr berühmten Verslein zu antworten:

> *Ein Mann, der flieht, wird später noch einmal kämpfen.*

Dem ähnelt auch, was eine Figur in der *Andria* des Terenz sagt:

> *Hier geht es nicht weiter, versuchen wir einen anderen Weg.*

Tertullian gebraucht das Sprichwort in seinem Buch *Über die Flucht während der Verfolgung*:

> *Aber manche übergehen die göttlichen Eingebungen und halten sich lieber an jenen griechischen und ganz weltlichen Vers: Wer flieht, wird ein weiteres Mal kämpfen. Um dann vielleicht wieder zu fliehen? Und wann soll der siegen, der besiegt ist, weil er flieht?*

II, 1, 10 = 1010

In eadem es navi
Wir sind im selben Boot

Im 2. Buch der Briefe an seine Freunde schreibt Cicero an Curio:

> *Du befindest Dich zwar, wie ich Dir neulich schon schrieb, im selben Boot, magst Du sein, wo Du willst; trotzdem beglückwünsche ich Dich, dass Du nicht hier bist.*

„Im selben Boot" sagt er für: in der gleichen Gefahr. Denn alle, die mit demselben Schiffe fahren, sind gemeinsam von der Gefahr des Schiffbruchs betroffen, und es macht keinen großen Unterschied, ob sie sich am Bug, am Heck oder mittschiffs befinden, bedroht sind sie in jedem Fall. An einer anderen Stelle schreibt er:

> *Es erfüllt mich mit Staunen und Schmerz, dass jeder Mensch so sehr darauf aus ist, den anderen ins Verderben zu stürzen, dass er sogar das Schiff anbohrt, mit dem er selbst fährt,*

das heißt, dass er den Staat zugrunde richtet, mit dem er selbst zugrunde gehen muss. Aristophanes in den *Wespen*:

> *Denn es betrifft das ganze große Staatsschiff.*

Die Übertragung des Bildes vom Schiff auf den Staat ist bei den Dichtern geläufig.

II, 1, 66 = 1066

Haudquaquam difficile Atheniensem Athenis laudare
Es ist nicht schwer, einen Athener in Athen zu loben

Aristoteles schreibt im 1. Buch seiner *Rhetorik*:

> *Denn wie bereits Sokrates gesagt hat, ist es keine große Schwierigkeit, die Athener in Athen zu loben.*

Im selben Werk zitiert er ihn noch einmal, bezüglich der Eröffnungen eines Textes:

> *Es ist nicht schwer, die Athener vor einem Publikum aus Athenern zu loben; vor einem Publikum in Sparta hingegen durchaus.*

Man findet den Satz auch im *Menexenos* des Platon, er ist in den Rang eines Sprichwortes aufgestiegen. Der Satz geht auf die Lobpreisungen und großen Reden zurück, die in Athen dem Brauch gemäß für die Gefallenen des Krieges gehalten wurden. In diesen Reden wurde natürlich viel zum Lob des Volkes vorgebracht und das Volk war ganz Ohr; jeder spendet Beifall, wenn er selbst gelobt wird.

II, 2, 57 = 1157

Archilochia edicta
Archilochisch

Den Eindruck einer sprichwörtlichen Wendung macht auch die Formulierung Ciceros im 2. Buch der Briefe an Atticus:

> *An den archilochischen Kundmachungen des Bibulus gegen ihn hat das Volk einen solchen Spaß, dass man an der Stelle, wo sie angeschlagen sind, wegen der drängenden Menge der Leser nicht vorbeikommen kann.*

„Archilochisch" nennt er böswillige und gehässige Kundmachungen. Die Bissigkeit des Dichters Archilochus war allgemein bekannt. Er hat seinen Schwiegervater Lykambes, der ihn verschmäht hatte, und dessen Tochter mit so gehässigen Versen angegriffen, dass sich beide erhängten.

II, 2, 91 = 1191

In seditione vel Androclides belli ducem agit
Im Bürgerkrieg wird selbst ein Androklides Feldherr

Dieser heroische Vers ist ein berühmtes Sprichwort geworden, um zu sagen, dass selbst verachtete und niedere Menschen in hohe Würden aufsteigen können, wenn sich die richtige Gelegenheit bietet; im Falle eines großen Durcheinanders können auch die Untersten für einige Zeit herrschen. Man kann das Sprichwort auf schlechte Fürsten anwenden, deren Gewalt über die Bürgerschaft in Friedenszeiten geringer ist, und die deshalb mit tyrannischer Kunst selbst für Unruhe sorgen, damit sie das Volk bequemer nach ihrem Willen lenken können. Man kann es auch auf Theologen anwenden, die dieses Namens unwürdig sind, die Streit und Zwist in der Christenheit entfachen, um bei dieser Gelegenheit berühmt zu werden. Sie alle wollen lieber berühmt inmitten öffentlichen Unglücks sein, als ein Leben ohne Ruhm zu führen.
Das Sprichwort wird von Suidas und Diogenianos mitgeteilt, ebenso von Plutarch in der Lebensbeschreibung des Nikias und in seiner

Abhandlung *Über die Bruderliebe*. Man findet es auch in dieser Form:

Im öffentlichen Aufruhr
Kommt der Schlechteste zu Ehren.

Plutarch zitiert es ein weiteres Mal im Vergleich von Lysander und Silla; die Ausgabe von Aldus Manutius ist allerdings an dieser Stelle fehlerhaft und gibt *pankalos* (der Beste) statt *pankakos* (der Schlechteste). Man findet es auch in dieser Gestalt:

Wenn die Lage verzweifelt ist,
Ehrt man selbst den Krebs.

In diesem Zusammenhang ähnlich erscheint dieser in Griechenland berühmte Vers, der ein Sprichwort geworden ist:

Ein Bettler vermag am richtigen Ort viel.

II, 4, 19 = 1319

Salivam imbibere
Speichel trinken

Der göttliche Hieronymus sagt in seiner *Vorrede* zu den Evangelien:

> *Wenn nun jemand, ob gelehrt oder ungelehrt, ein Buch in die Hand nimmt und bemerkt, dass es im Widerspruch steht zu dem Speichel, den er getrunken hat, wie sollte er da nicht in Zorn geraten?*

Ausgesprochen geschmeidig und sprichwörtlich ist das. Mit dem Speichel, der einst getrunken wurde, meint er jenen Geschmack, den man von Kindheit an gewöhnt ist. Die Metapher bezieht sich auf kleine Kinder, die von den Ammen mit vorgekautem Essen gefüttert werden, also nicht ohne Speichel. Wenn sie sich einmal daran gewöhnt haben, mögen sie nichts mehr, was vom Geschmack dieses ersten Speichels abweicht. Das ist der Grund, weshalb wir uns in jeder Beziehung darum bemühen müssen, uns an das Beste zu gewöhnen.

Den meisten von uns ergeht es für gewöhnlich so: Wenn sich etwas von dem unterscheidet, was wir in den ersten Jahren aufgesogen haben, sagt es uns bald nicht mehr zu. Man sagt, dass auch die Hunde diejenigen besonders lieben, deren Speichel sie geschmeckt haben. Aber ich würde lieber bei der soeben besprochenen Metapher bleiben. Dieser Vers des Persius scheint sich auf eben das zu beziehen:

Kannst du die Münzen im Schlamm liegenlassen
Und nicht den Speichel Merkurs hinunterschlucken?

Allerdings ist es meiner Meinung nach eher so, dass sich das auf die Feigen des Merkur bezieht, von denen ich andernorts gesprochen habe; manche bestreichen zum Spaß Feigen mit Speichel, um die zu verspotten, die sie pflücken wollen, wie ebenso manche zum Spaß eine Münze in den Kot stecken. Folgender Vers aus der sechsten *Satire* des Persius bezieht sich hingegen sicherlich auf unser Sprichwort:

Ohne fachmännisch den feinen Speichel der Drosseln zu kennen.

Er benutzt Speichel im Sinne von Geschmack.

II, 5, 96 = 1496

Mores amici noveris, non oderis Kenne die Eigenarten des Freundes, hasse sie nicht

Porphyrion weist darauf hin, dass der folgende Vers des Horaz sprichwörtlich geworden ist:

Kenne die Eigenarten des Freundes, hasse sie nicht.

Ich habe den Satz auch in der Sammlung griechischer Sprichwörter gefunden. Dort lautet er:

Kenne den Charakter deiner Freunde, aber hasse sie nicht.

Der Spruch ermahnt uns, unter den Eigenarten unserer Freude bestimmte Laster zu überspielen, damit man sie nicht nur verstehen, sondern auch tolerieren kann. In der Beobachtung der Makel unserer Freunde dürfen wir nicht zu streng und zu klarsichtig sein, um die Freundschaft nicht zu gefährden. Diese Regel gilt für Kleinigkeiten, nicht aber für Dinge, die den Ruf der Freunde beschädigen oder sie in ernste Gefahr bringen könnten. Die Makel der Freunde nicht zu kennen, verrät einen Menschen, der seine Liebe leichtfertig verschleudert; sie deswegen zu hassen, verrät den Asozialen. Man muss jene Makel kennen, sei es um sie zu berichtigen, sei es um sie einzudämmen, aber niemals in einer Weise, die wie Hass auf den Freund erscheint. Denn derjenige, der keinen Makel an einem Freund ertragen kann, wird bald keinen Freund mehr haben.

II, 6, 16 = 1516

Ne verba pro farina Nicht Worte statt Mehl

Diesen Spruch kann man jenen entgegenschleudern, die sich mit Worten großzügig zeigen, aber nicht mit Taten und Dingen. Es ist ein Brauch unter den Herrschenden, dass sie ihre Gefolgschaft mit großartigen Versprechen ernähren. Der Rechtsgelehrte Pomponius mahnt in den *Pandekten* zu Recht an, dass ein angespartes Vermögen durch Dinge wachsen muss und nicht durch Worte. Das lässt sich treffend von jenen sagen, die eine Wohltat mit Versprechungen vergelten oder mit Gerede begleichen wollen, wenn tatsächliche Hilfe nötig wäre. Die Alten nannten *alphita*, Mehl, alles das, was mit unserem Überleben zu tun hat. Das Sprichwort scheint aus einer Komödie zu stammen, es ist nämlich die Hälfte eines jambischen Trimeters. Über das Sprichwort des Aristophanes *Das bringt nichts für das Mehl* habe ich andernorts gesprochen.

II, 6, 23 = 1523

Bellum haudquaquam lachrymosum
Ein unblutiger Krieg

Ein Krieg ohne Tränen: Wenn man einen Sieg ohne Blutvergießen erringt, wenn sich jemand aus einer misslichen Lage so herausmanövriert, dass er ohne Schaden davonkommt, wenn ein paar Streithähne einander nur Schimpfwörter an den Kopf werfen und keine Gefahr besteht, dass sie handgreiflich werden, oder wenn eine Auseinandersetzung so verläuft, dass keinem der Beteiligten ein Nachteil erwächst, wie zum Beispiel in einer literarischen Kontroverse, die den Unterliegenden kenntnisreicher, den Überlegenen konzilianter macht.
Der Ausdruck soll auf einen alten Orakelspruch zurückgehen, der den Spartanern vor ihrem Kampf gegen die Arkader in Dodona erteilt wurde, nämlich, dass es ein Krieg ohne Tränen sein werde; dann sollen sie gesiegt haben, ohne dass auch nur ein einziger Mann gefallen wäre. Ebenso heißt ja auch bei uns ein Sieg, der kein Menschenleben kostet, ‚unblutig', und die Griechen sagen:

Ohne Blutvergießen siegen.

Plutarch nennt in seinem Traktat *Vom Glück der Römer* den Sieg, den Aemilius Paullus gegen Perseus errang, einen Sieg ohne Tränen. Das Sprichwort wird manchmal auch in der Form zitiert:

Ein unblutiges Siegesmal errichten.

Von den Sinnsprüchen des Pittakos ist u. a. der Satz berühmt:

Siege müssen ohne Blutvergießen zustande kommen.

Das steht bei Laertius. Sinngemäß gehört hierher auch das Sprichwort, das ich in einer griechischen Sammlung finde:

Ein Krieg ohne Schwertstreich ist in Griechenland ausgebrochen.

Damit ist eine Fehde gemeint, die mit Argumenten, nicht mit Waffen, ausgetragen wird. Denn das ist die einzige Form der Auseinandersetzung, die einem vernünftigen Menschen angemessen ist. Aber mit Waffen aufeinander loszugehen, das ist die Art von wilden Tieren und Gladiatoren, die ich allerdings noch eine Stufe unter die wilden Tiere stelle. Indes: man würde es nicht für möglich halten, wenn man es nicht mit eigenen Augen sähe, wie viel Gefallen an dieser Art der Kriegführung die christlichen Fürsten finden. Man kämpft mit Waffen, die raffinierter und furchtbarer sind als alles, was heidnische Brutalität und barbarische Rohheit je ersonnen hat. Mehr noch: Es gibt unter den deutschen Stämmen einen, dessen besonderer Stolz es ist, so viele Menschen niederzumetzeln wie nur irgend möglich; und ist das an sich schon schrecklich genug, so wird es ungeheuerlich dadurch, dass sie es auch noch als Söldner in fremden Diensten tun, wie irgendein Metzger, den man für Geld zum Schlachten dingt.

Diese Ausdrücke werden noch stärker als sprichwörtlich empfunden, wenn man sie auf fernerliegende Gegenstände überträgt, zum Beispiel auf einen Prozess, eine Debatte oder eine andere Auseinandersetzung dieser Art.

II, 8, 95 = 1795

Tragica simia
Ein tragischer Affe

Als tragischen Affen kann man sprichwörtlich einen Menschen beschimpfen, der Ehrenämter bekleidet und über große Reichtümer verfügt, aber abgesehen davon nichtswürdig ist. Mit „Affe“ bezeichnet man ein Menschlein, kaum Mensch, eher einen Abklatsch von einem Menschen; „tragisch“ setzt man dazu wegen des großen Getöses und weil Masken getragen werden.
Demosthenes bezeichnet in seiner Rede für Ktesiphon einen gewissen Aeschinos als tragischen Affen, weil dieser große Worte macht und sich als anständiger Bürger ausgibt, aber im Grunde ein völliger Nichtsnutz ist. Philostratos benutzt das Sprichwort in seiner Lebensbeschreibung des Aristides. Der heilige Hieronymus bemerkt in einem seiner Briefe, dass der gottlose und heidnische Teil des gemeinen Volkes mit diesem Ausdruck die Christen ärgert, weil sie, in ihren Augen, so heilig dreinschauen und sich so heilig geben, aber eigentlich Unholde sind. Diese Stelle steht allerdings

in den Handschriften nicht genau so wie ich sie in meinen Anmerkungen gebe, denn ich habe in vielen Nachtschichten die Schriften dieses wahrhaft göttlichen Mannes korrigiert, damit sie von Kirchenmännern, aber auch von nur mittelmäßig gebildeten Leuten leichter gelesen werden können.

Das Sprichwort lässt sich auf jene anwenden, die glauben, dass ein Bart und ein Mantel sie zu Philosophen machen, während ihr Verhalten dem nicht entspricht. In diesem Sinne sagt Plutarch:

> *Weder wird man ein Philosoph, indem man sich den Bart wachsen lässt und einen schäbigen Mantel anlegt, noch wird man Isispriester, indem man ein Gewand aus Leinen trägt.*

II, 9, 62 = 1862

Oderint, dum metuant
Mögen sie hassen, wenn sie nur fürchten

Ein Tyrannenwort, das aus einer Tragödie stammt, bei keinem Schriftsteller fehlt und besonders dem Cicero vertraut ist; dass es auch in die Sprache des Volkes Eingang gefunden hat, sagt Seneca ausdrücklich im 2. Buch *Über die Milde*. Er schreibt dort, dass viele große, aber furchtbare Worte in die Welt hinausgegangen und nun in aller Munde sind, wie das bekannte: *Mögen sie hassen, wenn sie nur fürchten*. Er fährt fort:

> *Damit verwandt ist jener griechische Vers, der den Wunsch ausspricht, nach dem Tode möge die Welt in Flammen aufgehen.*

Und im 1. Buch *Über den Zorn* schreibt er:

> *Manch ein Wort kommt aus dem Munde von Zornigen, hinter dem man eine hohe Sinnesart vermuten könnte, aber nur, wenn man von echter Größe keine Ahnung hat, wie zum Beispiel der harte und verhängnisvolle Spruch:*

Mögen sie hassen, wenn sie nur fürchten. Er stammt bekanntlich aus Sullas Zeiten.

Man kann das Sprichwort auch scherzhaft verwenden; so kann beispielsweise ein Mann von überragendem Wissen auf seine heimlichen Neider, die aber aus Furcht nicht wagen, den Mund aufzutun, sagen: *Mögen sie hassen, wenn sie nur fürchten!* Es passt auch auf reiche Leute, die sich mit Horaz sagen:

Zischt mich das Volk auch aus, ich selbst spende mir dennoch
Beifall daheim, sobald ich das Geld in der Truhe betrachte.

Oder mit Juvenal:

Ich esse viel lieber bloß Schoten,
Als wenn rings im Gau meine Nachbarn mich überall preisen.

II, 10, 41 = 1941

Lis litem serit
Streit sät Streit

Das ist ein heroischer Halbvers. Man muss dem Unrecht Einhalt gebieten und darf es nicht auf Rache ankommen lassen. Denn wo könnte sonst das Ende wechselseitiger Bosheit sein, wenn eine Verunglimpfung immer mit neuer Verunglimpfung vergolten wird? Aus den Sinnsprüchen des Phokylides ist folgender Vers überliefert:

Überredung ist nützlich, Streit aber sät nur wieder Streit.

Eng verwandt ist der Satz, an den ich andernorts erinnert habe:

Streit gebiert Streit, Verbrechen sät ebenso Verbrechen.

II, 10, 56 = 1956

Lavares Peliam
Du würdest Pelias waschen

Diesen Spruch kann man verwenden, wenn jemandem Rettung versprochen worden ist, er dann aber seinem Untergang überlassen wird, oder aber, wenn sich jemand nützlich machen will, aber großen Schaden anrichtet. Er beruht auf der weithin bekannten Geschichte des Pelias: Seine Töchter wollen ihn, überredet und angeleitet von Medea, verjüngen und tauchen ihn dazu in heißes Wasser; dadurch töten sie ihn.
Man kann das Sprichwort gut benutzen, wenn man von falscher Hoffnung zu vergeblicher Mühe gelockt wurde, man kann es ebenso auf jene Kunst beziehen, die man Alchemie nennt und die das feste Versprechen vor sich herträgt, einst aus Blei Silber und aus Bronze Gold zu machen. Es ist in der Sprichwortsammlung überliefert, die Plutarch zugeschrieben wird.

III, 3, 6 = 2206

Azêlos ploutos Nicht beneidenswerter Reichtum

Von nicht beneidenswertem Reichtum spricht man, wenn einer nicht weiß, was er hat. Zum Beispiel, wenn jemand, der schön ist, sich selbst hässlich findet. Schlussendlich hat es nicht den kleinsten Anteil am Glück des Lebens, dass man das Gute erkennt, das man hat. Entsprechend sagt Vergil:

Oh ihr überglücklichen Bauern,
Wenn ihr eure Reichtümer erkennt.

Ich finde, dass das der Wendung „blinder Reichtum“ sehr nahekommt. Denn *zêloun*, beneiden, wird manchmal gleichbedeutend mit bewundern, für glücklich halten, gebraucht. Deshalb bezeichnet man als *arizêlon*, sehr beneidenswert, was in die Augen fällt und hervorragend ist. Hingegen ist *azêlon*, nicht beneidenswert, was niemand beachtet. Wer beachtet und bewundert denn schon das, was versteckt und verborgen ist?

Plutarch schreibt, in seiner Biographie des Lykurg, diese Wendung dem Theophrast zu. Er lobt Lykurg dafür, es mit seiner Verfassung erreicht zu haben, dass in der spartanischen Gesellschaft der Reichtum weder den Dieben und Räubern preisgegeben (was er *asylon*, unberührbar, nennt), noch ein Gegenstand der Bewunderung ist (was er *azêlon*, nicht beneidenswert, nennt), und dass Reichtum insgesamt nicht für Reichtum gehalten wird (was er *aplouton plouton*, nicht reichen Reichtum, nennt). Ich möchte an dieser Stelle Plutarchs eigene Worte wiedergeben, da an diesem Fall so schön deutlich wird, um wie viel Genuss sich derjenige betrügt, der die Schriftsteller lieber in einer Übersetzung als in ihrer eigenen Sprache liest:

> *Méga mén oun kai touto ên, meizon, dé to tou plouton asylon, mallon dé azêlon, hos phêsi Thêophrastos, kai aplouton apérgasasthai tê koinotêti tou deipnon.*

[Das war bereits ein großes Ergebnis, aber es war ein noch größeres, es durch die gemeinsamen Mahlzeiten zu erreichen, dass der Reichtum unberührbar, nicht beneidenswert und, wie Theophrast sagt, nicht mehr reich war.]

Plutarch fügt hinzu, dass auf diesen Umstand der berühmte Spruch zurückgeht, dass in Sparta, und nur in dieser Stadt unter der Sonne, der Reichtum für blind gehalten wird und nichts als ein unbeseeltes und regungsloses Gemälde ist. Daraus kann man nun den Schluss ziehen, dass die Ausdrücke „der blinde Reichtum" und „der nicht beneidenswerte Reichtum" gleichwertig sind. Als blind nämlich bezeichnet man nicht nur das, was nicht sehen kann, sondern auch das, was allen Lichtes entbehrt.

Obwohl man dieses Sprichwort also anmutig auf die Genügsamkeit der Spartaner anwenden kann, so kann man es doch noch mehr von den Leuten sagen, die ihren ganzen Reichtum nur für sich besitzen, ihn verbergen, ja ihn sogar vergraben. Aristophanes nennt in der *Frauenvolksversammlung* das in Truhen verborgene Geld einen *aphanê plouton*, einen unsichtbaren Reichtum.

Denn Häuser und Landbesitze kann man nicht verstecken. Ein weggeschlossenes Gemälde aber hat keinen Nutzen, verborgene Reichtümer ebenso wenig. Horaz sagt in den *Oden*:

> *Das Geld hat keine Farbe, solange*
> *Es die geizige Erde verbirgt.*

Und Pindar sagt in der ersten *Nemeischen Hymne*:

> *Ich verlange nicht danach, in meinem Haus Schätze versteckt zu haben, sondern ich will von dem, was ich habe, guten Gebrauch machen und um mein Ansehen es an die Freunde verschenken.*

III, 3, 97 = 2297

Tunc canent cygni, cum tacebunt graculi Wenn die Krähen schweigen, singen die Schwäne

Das heißt die Gebildeten werden reden, wenn die Schwätzer keine Möglichkeit mehr dazu haben, oder: neben Schwätzern und Schreiern kommen die wirklich Gebildeten nicht zu Wort.
Das Sprichwort gebrauchte Gregor der Theologe, ich glaube, in den Briefen:

> *Höre endlich auf, mit deinem dummen Geschwätz mein Schweigen zu stören, oder ich sage dir ein Sprichwort, das ebenso kurz wie treffend ist: Die Schwäne werden singen, wenn die Krähen verstummt sind.*

So sprechen jetzt Cicero, Vergil und Horaz zu uns, und verstummt sind Pero, Philiscus und Maevius, die jene Großen zu Lebzeiten zu überschreien versuchten, und zwar umso lauter, je weniger sie zu sagen hatten.

III, 4, 4 = 2304

In pulicis morsu Deum invocat
Wegen eines Flohs Gott zu Hilfe rufen

Das geht auf Leute zurück, die bei der kleinsten Kleinigkeit derart aus der Fassung geraten, als träfe sie das größte Unglück. Es geht auf eine Fabel zurück, die bei Äsop überliefert ist: Ein Mann, den der Biss eines Flohes in seinen Fuß empfindlich schmerzte, kauerte sich nieder und rief den Nothelfer Herakles an; als der Floh wieder weghüpfte, stieß er Verwünschungen gegen Herakles aus; da er ihm in einer so harmlosen Gefahr die erflehte Hilfe versagt habe, sei es wenig wahrscheinlich, dass er in größerer Bedrängnis Beistand leisten würde.

III, 7, 13 = 2613

Lucri bonus est odor ex re qualibet
Geld stinkt nicht

Zweifellos witzig, aber trotzdem abscheulich ist dieser bekannte Ausspruch Vespasians. Als er in seiner schamlosen Habgier so weit ging, den Urin mit einer Steuer zu belegen, und sein Sohn ihm darob Vorhaltungen machte, dass er aus einer so ekligen Sache Gewinn ziehen wolle, hielt er ihm das bald darauf aus dieser Steuer eingegangene Geld unter die Nase und fragte ihn, ob es etwa stinke. Daher heißt es bei Juvenal:

Gewinn riecht gleich gut aus jeder Ware.

Mit Bezug darauf sagt Ammian in Buch 22:

Bei jeder Gelegenheit witterten sie Gewinn.

Und der bekannte Vers des Ennius ist nicht nur in den allgemeinen Sprachgebrauch eingegangen, er hat auch die menschliche Denk- und Lebensweise ganz und gar durchdrungen:

Wo du was her hast, fragt keiner, nur dass du es hast,
das ist nötig.

Ja, selbst die ironischen Worte des Horaz machen wir ganz im Ernst zur Richtlinie für unser Handeln:

O ihr Bürger, ihr Bürger, zunächst gilt's,
Geld zu erwerben,
Tugend erst nach dem Geld.

Kephisodoros führt bei Athenaios im 3. Buch aus, dass sich auch bei namhaften Dichtern und vernünftigen Männern Ansichten finden, die man nicht gutheißen kann, zum Beispiel bei Archilochos, man solle jedem Menschen die Haut abziehen, das heißt alle ausbeuten, bei Theodoros, man solle zusehen, mehr zu haben als die anderen, im Übrigen aber ‚Gleiches Recht für alle' schreien, bei Euripides der Satz:

Nur die Zunge hat geschworen

(Ich habe darüber schon in anderem Zusammenhang gesprochen), und bei Sophokles:

Das sag' ich dir als guten Rat, nicht als Befehl,
Dass du dich danach richtest und als kluger Mensch
Das Rechte lobst, jedoch den Vorteil nicht vergisst,

und an einer anderen Stelle die Äußerung, dass nichts vom Übel sei, wofern es nur Gewinn bringe; bei Homer, dass er Hera den Zeus hinters Licht führen lässt und den Ares als Ehebrecher hinstellt. Soviel Athenaios.

Es ist paradox, dass sich die Menge über Dichter und Schauspieler entrüstet, wenn sie einmal derartiges auf die Bühne bringen, statt dass sich ein jeder über sich selbst entsetzt, weil er im Leben Dinge tut, deren bloße Erwähnung auf der Bühne er nicht ertragen kann.

III, 9, 98 = 2899

Divitiae non semper optimis contingent Reichtum fällt nicht immer den Verdienstvollsten zu

Um zu sagen, dass das Geld nicht immer den Verständigsten zuteilwird, sondern nach dem Willen der Fortuna hierhin und dorthin fällt, kann man aus dem 6. Buch der *Odyssee* zitieren:

Aber der Gott des Olympos erteilet selbst den Menschen,
Vornehm oder geringe, nach seinem Gefallen ihr Schicksal.

Diese Worte richtet die Prinzessin Nausikaa an den schiffbrüchigen, bettelnden Odysseus. Sie schätzte ihn nicht gering aufgrund seiner Armut, denn die Fortuna muss man dafür anklagen, nicht den Menschen, wenn er wenig hat und im Übrigen verständig ist.

IV, 2, 42 = 3142

Nihil profuerit bulbus
Zwiebel hilft nichts

Athenaios zählt im 2. Buch seines *Gastmahls* folgenden Vers unter die Sprichwörter:

Wem es an der Kraft mangelt, dem hilft die Zwiebel nichts.

Ebenso Martial:

Die Zwiebel zu nichts anderem, als satt zu werden.

Die Zwiebel war nämlich ein Aphrodisiakum. Man kann auch etwas sanfter Gebrauch von dem Sprichwort machen: Alle Mühe hilft nichts, wenn man nicht auch etwas Verstand mitbringt.

IV, 2, 96 = 3196

Aequalitas haud parit bellum Gleichheit rüstet nicht zum Krieg

Gleichheit erhält die Eintracht; Ungleichheit ist die Mutter der Zwietracht. Das ist eine Sentenz des Solon, die Plutarch in der Lebensbeschreibung dieses Mannes mitteilt; er fügt hinzu, dass der Satz im Volk weit verbreitet war: Gleichheit rüstet nicht zum Krieg.

IV, 4, 50 = 3350

Asinus balneatoris
Der Esel des Bademeisters

Damit bezeichnet man diejenigen, die die Früchte ihrer Arbeit nicht pflücken. Plutarch sagt in seiner Abhandlung *Über die Liebe zu Reichtümern*:

> *Sie haben davon keinen Vorteil und sind dabei wie der Esel des Bademeisters, der Holz und Reisig herbeischleppt, immer inmitten des Rauches und der Funken steht, aber dabei weder vom Bad, noch von der Wärme, noch von der Sauberkeit etwas hat.*

Man benutzt das Sprichwort in Bezug auf reiche Leute, die so geizig und sparsam sind, dass sie von ihren ganzen aufgestapelten Reichtümern nichts haben.

IV, 4, 59 = 3359

Panis lapidosus
Steinernes Brot

Wenn nun jemand behauptet, dass das kein Sprichwort ist, dann werde ich mich auf kein Gefecht mit ihm einlassen. Aber sicherlich wäre es würdig, in den Kreis der Sprichwörter aufgenommen zu werden, weil es so oft benutzt wird, wie es Seneca im zweiten Buch seines Werkes *Von den Wohltaten* mitteilt:

Steinernes Brot.

So nennt nämlich Fabius Verrucosus eine Wohltat, die uns ein Mensch mit strenger und harter Miene erweist, und die der Elende annehmen muss, mag sie auch hart und bitter sein. Solche Leute geben und helfen so zögerlich, mit so verzogenem Gesicht, mit so rauen Worten und so widerwillig, dass die ganze gute Tat verhunzt wird: Nur derjenige wird sie annehmen, der keine andere Wahl hat.

IV, 4, 73 = 3373

Tyria maria
Ein Tyrrhenisches Meer

Eine ausgesprochen aufgewühlte und gefährliche Situation nennt man sprichwörtlich ein tyrrhenisches Meer. Festus Pompeius legt nahe, dass der Ursprung des Sprichwortes in der Herrschaft der Karthager über dieses Meer besteht, durch die die Schifffahrt für alle Sterblichen sehr gefährlich war. Er zitiert auch Afranius, der schrieb, dass derjenige, der für große Unruhen verantwortlich ist, das tyrrhenische Meer aufwühlt.

IV, 5, 4 = 3404

Non est beatus esse qui se nescit Der ist nicht glücklich, der es nicht weiß

Derselbe Autor zitiert im selben Werk folgenden Vers eines Komödiendichters:

Der ist nicht glücklich, der es nicht weiß.

Ohne Zweifel ist dieser Satz in aller Munde gewesen, denn der Name seines Erfinders wurde gar nicht aufgeschrieben. Die Bedeutung ist, dass es nicht genügt, wenn das Glück bei dir weilt, sondern dass du dein Glück auch begreifen musst. Darauf spielt Vergil an:

Oh ihr überglücklichen Bauern,
Wenn ihr eure Reichtümer erkennt.

Darauf zielt der Satz, mit dem Martial auf bestimmte Teile des Glücks hinweist:

Sei willentlich das, was du bist.

Denn was ist schließlich ein größeres Glück als die Freiheit? Trotzdem wirst du ganz im Gegenteil nicht wenige Leute finden, die ihr

Schicksal beweinen und klagen, keine Stellung am Hofe eines Fürsten zu bekommen: Sie halten sich für unglücklich, weil sie keine Sklaven sein dürfen.
Wie man nun in der Tat nicht glücklich ist, wenn man nicht glaubt, dass man glücklich ist, so ist es doppelt schlimm, wenn ein schlechter und elender Geist dennoch sich selbst glücklich vorkommt. Entsprechend hat der Gesunde, der sich selbst für krank hält, keinen Genuss von seiner Gesundheit, und der Kranke, der nichts von seinem Übel weiß, ist weit entfernt davon, gesund zu sein; das gilt umso mehr, wenn die Krankheit unheilbar ist.

IV, 5, 6 = 3406

Avarus nisi cum moritur nil recte facit
Ein Geizhals macht nichts richtig, außer zu sterben

Soweit ich sehen kann, sind aus allen Sentenzen des Publilius Syrus Sprichwörter geworden und das nicht zu Unrecht. Man kann sich nämlich nichts vorstellen, das bissiger und lustiger wäre. Erst kürzlich habe ich es mir angelegen sein lassen, eine verbesserte Fassung seiner Mimenverse anzufertigen und mit knappen Anmerkungen zu versehen. Ich habe aber nicht vor, alle diese Sprüche in die vorliegende Sammlung aufzunehmen, außer vielleicht den einen oder anderen, bei dem ich ganz besonders lachen musste. Etwas dieser:

Ein Geizhals macht nichts richtig, außer zu sterben.

In der Tat, wer seine ganze Sorge dem Geld widmet, ist während seines Lebens niemandem zuträglich. Nur sein Tod ist für seine Erben und seine Freude von Vorteil.

IV, 5, 7 = 3407

Bona nemini hora est Niemand hat einen glücklichen Moment

Publilius Syrus lacht und sagt auch dieses:

> *Niemand hat einen glücklichen Moment, ohne dass irgendwer Unglück hat.*

Die Fortuna hat die Dinge dieser Welt so geordnet, dass das, was dem einen Freude macht, dem anderen Schmerz bereitet. Des einen Gewinn ist des anderen Verlust. Niemand wird reich, ohne anderen zu schaden. Niemand gewinnt einen Krieg, ohne andere zu töten. Man könnte das Sprichwort auch mit „irgendwo“ statt mit „irgendwer“ lesen.

IV, 5, 9 = 3409

Sapiens omnia sua secum portat
Der weise Mann trägt alle seine Schätze bei sich

Das geht, wenn ich nicht irre, auf einen Ausspruch des Bias zurück, der auf die Frage, warum er aus seiner brennenden Heimatstadt nichts von seiner Habe forttrage, zur Antwort gab:

Ich trage ja alle meine Güter bei mir.

Er meinte damit, dass unser wirklicher Besitz in unserem Inneren ist, nämlich Bildung und Charakter; wie wir ja auch umgekehrt unsere wirklichen Übel nicht abschütteln können, wenn wir auch noch so weit fortgehen.

IV, 5, 33 = 3433

Hostes domesticus
Der innere Feind

Im Dialog *Sophistes* bezeugt Platon, dass die Wendung *der innere Feind* üblich ist, um auszudrücken, dass das Übel nicht irgendwoher von außen kommt, sondern unter uns selbst geboren wird, etwa wenn man sich (gegenseitig) verrät oder bezichtigt, wenn man sich selbst in Galle und Missgunst aufreibt. Etwa: „Sie brauchen niemand anderen, um bezichtigt zu werden, denn sie haben, wie das Sprichwort sagt, den Feind im eigenen Haus, der sich gegen sie stellen wird, etc."
Meiner Meinung nach geht es in diesem Sprichwort um einen Schwätzer, der ununterbrochen redet und dabei alles liefert, womit man ihn widerlegen kann.

IV, 6, 35 = 3535

Auris Batava
Bataverohren

Wie die Griechen von einem *böotischen Ohr* sprechen und damit ein stumpfes und unempfängliches meinen, so sagt Martial im 6. Buch seiner Epigramme *Bataverohr* für einen bäurischen, undifferenzierten und spießerhaften Geschmack:

Du, bist du der bekannte Martialis,
Dessen lockere Scherze doch ein jeder
Kennt, hat einer nicht grad Bataverohren?

So wenigstens liest Domizio Calderino, manche ändern *Batavam* (*Bataver-*) zu *severam* (*streng*).

Die Bataver waren ein Germanenstamm und gehörten zu den Chatten; innerer Aufruhr hatte sie aus ihrer Heimat vertrieben und so besetzten sie den unbesiedelten gallischen Küstenstreifen und die Insel in den Watten, die rings von Gewässern umschlossen ist, vorne von der Nordsee, hinten und an den Seiten vom Rhein. Das Volk war tüchtig im Kriege, denn die Germanenkriege hatten seine

Kampfkraft gestärkt; es war aber auch reich und lebte in Wohlstand, denn der römische Kriegsdienst brachte ihm keine empfindliche Einbuße; sie hatten nämlich ein Bündnis mit dem Reich, das sie nur verpflichtete, Soldaten und Waffen zu stellen. Ausführlicher darüber Tacitus im 20. Buch.
Die Mehrzahl der Gelehrten ist sich darin einig, und alle Vermutungen sprechen dafür, dass die Insel, von der Tacitus spricht, das heutige Holland ist, ein Land, das ich immer preisen und ehren werde; denn ihm verdanke ich den Ursprung meines Lebens. Gebe Gott, dass ich ihm ebenso viel Ehre mache, wie ich mich seiner nicht zu schämen brauche. Denn dass Martial diesem Volk Mangel an Urbanität andichtet und Lukan es wild nennt, davon brauchen wir uns entweder überhaupt nicht betroffen zu fühlen, oder wir können es, meine ich, sogar als Lob auffassen. Denn welches Volk wäre nicht irgendwann einmal weniger zivilisiert gewesen? Und waren die Römer nicht damals am größten, als Krieg und Ackerbau das einzige war, wovon sie etwas verstanden? Falls aber einer behauptet, das, was in längst vergangenen Tagen den Batavern nachgesagt wurde, gelte auch für die Verhältnisse unserer Zeit: Kein größeres Lob könnte man meinem lieben Holland spenden, als dass man von ihm sagt, es verabscheue die Scherze Martials, die er selbst als leichtfertig bezeichnet. Hätten nur alle Christen Bataverohren! Dann würden sie sich die abstoßenden Witzeleien dieses Dichters nicht anhören oder zumindest keinen Gefallen an ihnen finden. Wenn das Mangel an Urbanität ist, so lassen wir uns diesen Vorwurf gern gefallen, teilen wir ihn doch mit den rechtschaffenen Spartanern, den altehrwürdigen Sabinern und den vielgepriesenen Catonen. Lukan aber nennt meiner Meinung nach die Bataver im gleichen Sinne wild, wie Vergil die Römer grimm nennt.
Betrachtet man übrigens die Umgangsformen, so findet sich kein Volk, das so sehr zu Gesittung und Freundlichkeit neigt und so wenig Rohheit und Rücksichtslosigkeit an sich hat wie die Holländer.

Ihr Charakter ist unkompliziert, ohne Arg und ohne allen Falsch, zu schwerwiegenderen Lastern haben sie keinerlei Hang, nur dem Genuss, zumal den Tafelfreuden, sind sie etwas zu sehr ergeben. Schuld daran ist, glaube ich, der außerordentliche Reichtum an allem, was zum Genusse reizen kann; denn das Land hat einerseits gute Importmöglichkeiten, da es nicht nur die Mündung von zwei bedeutenden Flüssen, Maas und Rhein, umfasst, sondern ein Teil von ihm auch an der Atlantikküste liegt; andererseits ist es auch selbst sehr ertragreich, denn es ist von schiffbaren und fischreichen Flüssen durchzogen und hat viele fette Weiden, dazu liefern die Sumpf- und Heidegebiete eine unerschöpfliche Menge von Vögeln. Ferner soll es nirgends sonst auf so engem Raum so viele Städte geben, die zwar nicht besonders groß sind, aber ein unglaublich blühendes Leben haben. In der Qualität und Schönheit der häuslichen Gebrauchsgegenstände wird von Händlern, die in weiten Teilen der Welt herumgekommen sind, Holland die Palme zuerkannt. Nirgends ist auch die Zahl durchschnittlich gebildeter Menschen größer; dass es zu überdurchschnittlichen Leistungen, zumal auf dem Gebiete der Antike, nicht so sehr viele bringen, das hat seinen Grund im luxuriösen Lebensstil oder auch darin, dass hervorragende Rechtschaffenheit bei ihnen mehr gilt als hervorragende Gelehrsamkeit. Denn dass es ihnen an Begabung nicht fehlt, dafür gibt es viele Beweise; mir freilich ist sie in bescheidenem, um nicht zu sagen kümmerlichem Ausmaß zuteil geworden, wie fast alles andere auch.

IV, 7, 20 = 3620

Legatus non ceditur, neque violatur
Den Botschafter weder verjagen, noch verletzen

Ein Kommentator zum 4. Gesang der *Ilias* teilt folgendes Sprichwort mit: *Ein Redner soll nicht geschlagen und nicht verletzt werden*, denn Menschen in öffentlichen Ämtern galten einst als unantastbar. Es war ein Teil des Völkerrechts, dass Botschafter unbehelligt kommen und gehen dürfen, weil sie das Vertrauen der Öffentlichkeit genießen; das galt selbst, wenn sie Verbrechen begangen. Das galt auch für die Fetialen und andere hohe Priester. Noch heute werden mitten im Krieg die Unterhändler verschont.
Aber man kann das Sprichwort auch auf Menschen anwenden, die zum Guten mahnen oder richtige Ratschläge geben oder in der Volksversammlung freimütig sprechen: „Er ist ein Botschafter, er überbringt die Entscheidungen seines Fürsten“ oder „Er handelt in öffentlicher Angelegenheit, es ist ein Frevel, ihm mit Gewalt zu begegnen“.

IV, 8, 24 = 3724

Myconiorum more
Wie die Mykonier

Wie die Mykonier gehen sie zu einem Gelage: Das sagte man von denen, die uneingeladen, aus freien Stücken kamen. Mykonos ist eine Kykladeninsel; die Leute dort waren so arm, dass die Not sie zwang, bei Gesellschaften zu schmarotzen; daher die scherzhafte Redensart. Bei Athenaios greift Archilochos in seiner bissigen Art den Perikles an, weil er wie ein Mykonier ungebeten bei Gelagen auftauchte; ich habe die Stelle schon in anderem Zusammenhang zitiert.

Reste dieser Gepflogenheit der Mykonier kann man auch heute noch finden, und zwar bei manchen Iren. Darüber erzählte mir Seine Durchlaucht, Lord William von Mountjoy, einmal eine hübsche Geschichte, oder vielmehr keine Geschichte, sondern eine Begebenheit, die er selbst miterlebt hatte: Ein unbekannter Ire betrat zur Essenszeit den Palast des Fürsten und setzte sich, ohne dass ihn jemand dazu eingeladen hätte, an die Tafel der Leute des

Hofes. Als diese den fremden Vogel sahen, fragten sie ihn, woher er käme. Er nannte seine Heimat. Sie fragten weiter, ob er eine Stellung bei Hofe habe. „Nein", sagte er, „aber ich hätte gerne eine." Verblüfft und gereizt über die Unverschämtheit dieses Menschen hießen sie ihn aufstehen und gehen. „Das werde ich tun", sagte er, „nach dem Essen." Kurz und gut, der Ire setzte sich mit seiner Frechheit durch und wich nicht von seinem Posten. Schließlich wandelte sich ihre Empörung in Heiterkeit, und sie fragten ihn, wie er denn die Stirn haben konnte, als unbekannter und fremder Mensch in den Kreis des königlichen Hofes einzudringen. „Weil ich wußte", entgegnete er, „dass der König reich genug ist, mir ein Essen zu spendieren."

IV, 8, 58 = 3758

Quae quis ipse facit
Was einer selbst macht

Aristoteles erwähnt im 2. Buch seiner *Rhetorik*, wo es gerade um Gefühlsregungen geht, folgenden Spruch als in aller Munde:

> *Denn das, was einer selbst macht, kann er seinem Nachbarn nicht zum Vorwurf machen.*

Dazu passen auch diese Verse des Terenz:

> *Es gibt nichts Ungerechteres als einen ahnungslosen Menschen,*
> *Der nichts gut finden kann als das, was er selbst macht.*

Es gibt genügend Leute, die das verdammen, was sie selbst gar nicht erreichen können.

V, 1, 63 = 4063

Sapientia gubernatur navis
Weisheit lenkt das Schiff

Kluge Menschen sind sich einig darin, dass selbst im Krieg die Überlegung mehr bewirken kann als die Gewalt. Sehr geschmeidig drückt das Titinius aus, wie er bei Nonius zitiert wird:

Aber der Steuermann lenkt sein Schiff
Durch Weisheit und nicht durch Körperkraft.

In einem der längsten Einträge des Werkes, dem zum Adagium

II, 1, 1 = 1001

Festina lente
Eile mit Weile

gibt Erasmus Einblick in die Entstehung seines Buches – wir geben diesen Eintrag deshalb ausnahmsweise nur in gekürzter Fassung wieder.

Eile mit Weile. Das Sprichwort hat, was recht reizvoll ist, äußerlich etwas von einem Rätsel an sich, denn es besteht aus zwei gegensätzlichen Begriffen. Es gehört also zu der am Anfang dieses Werkes beschriebenen Kategorie von Sprichwörtern, deren Formulierung einen Widerspruch enthält, wofür etwa *Glück im Unglück* ein Beispiel ist. Und ich glaube, die Vermutung ist nicht zu weit hergeholt, dass es sich dabei um eine Weiterbildung des *Eile unverweilt* in Aristophanes' *Rittern* handelt, so nämlich, dass der Schöpfer dieses Sprichwortes, wer immer es gewesen ist, den pleonastischen Ausdruck durch einen antithetischen ersetzte.

Die lebendige Frische der Wendung, die feine Pointe der Anspielung erhält durch die treffende und vollendete Kürze noch ihren besonderen Schliff, und das ist es, was für mein Gefühl (das ich nicht begründen kann) an Sprichwörtern genau wie an Juwelen so außerordentlich gefällig wirkt und ihren Wert verblüffend steigert. Wenn man dazu noch bedenkt, welch reicher, tiefer, nützlicher und für alle Lebenslagen gültiger Sinn in dieser prägnant kurzen Formulierung eingefangen ist, so wird man sich wohl der Meinung anschließen müssen, dass es in der unendlichen Zahl von Sprichwörtern keines gibt, das es wie dieses verdiente, dass man es in alle Säulen meißelt, auf die Fassaden aller Heiligtümer schreibt – und zwar mit goldenen Lettern –, dass man es auf die Portale der Herrscherpaläste malt, in die Siegel der Großen schneidet und in die Zepter der Könige graviert, ja, dass es überall auf allen Monumenten zu lesen steht und auf diese Weise Verbreitung und Geltung erlangt. Denn es ist für alle so wichtig, stets daran zu denken, dass man es immer und überall vor Augen haben sollte, weil seine Befolgung jedem Menschen unermesslichen Nutzen bringt, insbesondere aber den Fürsten und – um mit Homer zu sprechen –

> *denen die Völker vertraut und die mancherlei Sorge belastet.*

Denn wenn ein Mann aus dem Volke etwas aus Nachlässigkeit nicht oder aus Unüberlegtheit falsch macht, so ist das Unglück nicht so groß und der Schaden, der dadurch entsteht, verhältnismäßig leicht zu heilen. Doch ein einziges Zaudern, ein einziger vorschneller Entschluss eines Herrschers, großer Gott!, welche Katastrophen kann das heraufbeschwören, welches Unglück über die Menschen bringen! Macht er sich hingegen das *Eile mit Weile* zur Regel (das heißt Entschlossenheit zur rechten Zeit, gepaart mit besonnener Zurückhaltung, und Mäßigung, die eine ausgewogene Mischung von Tatkraft und Bedächtigkeit ist), sodass er nie aus Unüberlegtheit etwas tut, was er später bereuen müsste, oder aus Nachlässigkeit etwas versäumt, was für den Staat von Vorteil sein könnte, dann frage ich dich: Was könnte so glücklich, so gefestigt und so dauerhaft sein wie ein solcher Staat? Und dieser glückliche Zustand würde auch nicht an den Grenzen des Staates enden, er würde weit über sie hinaus nach allen Seiten hin auf die Nachbarvölker übergreifen, und dann hätte, wie nirgends sonst, das Wort Hesiods seine Gültigkeit:

Schlecht, ist der Nachbar ein Fluch, doch gut, ein Segen des Himmels.

Und darum – das ist wenigstens meine Meinung – verdient dieses Sprichwort, wenn irgendeines, mit Recht das Attribut ‚königlich', nicht allein aus dem eben angeführten Grund, sondern auch deshalb, weil Herrscher für diese beiden Fehler in besonderem Maße anfällig sind. Denn sie sind vom Glück begünstigt, mit Reichtum gesegnet, die lockendsten Genüsse stehen ihnen zu Gebote, sie haben die Freiheit, zu tun und zu lassen, was ihnen beliebt, immer begleitet sie das unselige *Bravo* der Schmeichler, und bei allem, was sie tun, mag es sein, wie es will, ist ihnen lachende Zustimmung, Beifall und Huldigung sicher. Was Wunder, wenn dies und ähnliches bei manchen Gleichgültigkeit und Trägheit zur Folge hat? Vor allem dann, wenn dieser gefährliche Samen auf den fruchtbaren Boden der Jugend und, in ihrem Gefolge, der Unerfahrenheit fällt. Umgekehrt ist es oft so, dass angeborener Tatendrang und, wenn ich so sagen darf, Löwenmut, genährt durch Macht und Glück, angespornt durch große Erfolge, aufgestachelt durch Hass, Ehrgeiz oder ähnliche Leidenschaften und befeuert durch waghalsige Pläne, die Herrscher aus der Bahn wirft und sie und den ganzen Staat in den Abgrund reißt. Immerhin: Wenn es sich schon nicht vermeiden lässt, dass man in einen der beiden Fehler verfällt, so ist es beinahe noch besser, wenn ein Herrscher übermäßig träge als wenn er allzu voreilig ist.

In der Darstellung Homers ist Agamemnon durch sträfliche Laxheit, das heißt durch das *Mit Weile* charakterisiert; keine einzige große oder kühne Tat wird von ihm berichtet, außer dass er aus Erbitterung über den Verlust der Chryseis dem Achill die Briseis wegnimmt. Dem Achill wiederum eignet ungezügelte Leidenschaftlichkeit, also das *Eile,* es sei denn, man wollte es als Befolgung des *Eile mit Weile* werten, dass er in der Ratsversammlung den König mit blankem Schwert bedroht, zuletzt aber doch noch an sich hält, als Athene ihn mahnt, seiner Empörung nur in Schmähreden Luft zu machen. Gleichwohl war es Unbeherrschtheit, im großen Rat der Fürsten mit so viel Beleidigungen, mit so unmissverständlichen Beschimpfungen über den herzufallen, der schließlich der oberste Führer war.

Den Achill hat sich anscheinend Alexander der Große zum Vorbild genommen, und er hat ihn sogar noch überboten; denn er ließ sich von seinem ungestümen Temperament hinreißen, selbst gegen seine besten Freunde das Schwert zu ziehen. Dem Agamemnon hat es Sardanapal nachgemacht, und zwar so perfekt, dass er ihn bei Weitem übertraf. Und so ließen sich für beide Typen unzählige Beispiele finden, Menschen, die in ihrer Laxheit an den einen oder in ihrer Unbeherrschtheit an den anderen erinnern. Aber nur ganz wenige gibt es, die dieses Sprichwort befolgten und es verstanden, entschlossenes Handeln im rechten Augenblick mit besonnener Zurückhaltung harmonisch zu verbinden. Doch vielleicht kann hier einer für viele stehen: Fabius Maximus, der den Beinamen *Cunctator* (Zögerer) erhielt; er hat sich selbst unvergänglichen Ruhm erworben und den Römern den Staat durch bedächtiges Zögern gerettet, nachdem die unüberlegte Handlungsweise der anderen Feldherrn eben diesen Staat an den Rand des Abgrundes gebracht hatte.

[...]

Ich will das Thema an dem Punkt, wo ich abgeschweift bin, sogleich wieder aufnehmen; doch vorher muss ich noch meine Klagen über gewisse Drucker vorbringen, die der Literatur den denkbar schlechtesten Dienst erweisen. Die Klagen sind nicht neu, aber sie waren noch nie so berechtigt wie in diesen Tagen, da ich die – wenn ich nicht irre – vierte Auflage vorbereitete. Das war im Jahre 1525.

Venedig ist aus vielen Gründen eine hochberühmte Stadt, hauptsächlich aber verdankt es seinen Ruhm der Offizin des Aldus, und das hat zur Folge, dass alles, was an Büchern von dort in ferne Länder geht, allein schon deshalb reißenden Absatz findet, weil es aus Venedig kommt. Doch einige geldgierige Buchdrucker missbrauchen den Klang dieses Namens für ihre schmutzigen Geschäfte, und so beschert uns keine zweite Stadt so heillos verderbte Ausgaben von antiken Autoren, und zwar nicht von irgendwelchen, sondern von Autoren ersten Ranges, wie Aristoteles, Cicero und Quintilian, ganz zu schweigen von der Heiligen Schrift.

Durch Gesetze ist dafür gesorgt, dass niemand als Schuster oder Schreiner arbeitet, wenn er nicht von der zuständigen Handwerksgilde anerkannt ist. Aber die großen Autoren, vor deren Werken man heilige Ehrfurcht haben müsste, werden von Leuten ediert, die so ungebildet sind, dass sie kaum lesen können, so faul, dass sie nicht einmal die Druckabzüge durchsehen, und so geizig, dass sie eher bereit sind, Tausende und Abertausende Fehler in einem guten Buch stehen zu lassen, als die paar Zechinen zu opfern, die ein Korrektor kosten würde. Und niemand macht großartigere Versprechungen auf dem Titelblatt als ausgerechnet die, die die Texte am skrupellosesten verderben.

Laut gesetzlicher Vorschrift hat der Verkäufer Schadenersatz zu leisten, wenn er einen Stoff für Scharlach ausgibt und es sich herausstellt, dass in der Farbe keine Spur von Scharlach war; er hat obendrein Strafe zu zahlen, wenn er mit solchen Waren betrügerischen Handel treibt. Und wer mit derselben Tätigkeit Tausende von Menschen betrügt, der soll sich in Ruhe seines Gewinnes, oder vielmehr seiner Beute, freuen dürfen? In früheren Jahrhunderten hat man auf das Kopieren von Büchern nicht minder große Sorgfalt verwendet, als sie jetzt bei staatlich vereidigten Notaren üblich ist, und noch größere Sorgfalt wäre vonnöten gewesen; denn die grauenvolle Verwirrung in den Handschriften rührt ja eben davon her, dass man wahllos irgendwelche obskuren und unwissenden Mönche und zuletzt sogar einfältige Nonnen mit der Durchführung einer so hohen Aufgabe betraute. Und dennoch: Wie geringfügig ist der Schaden, den ein nachlässiger oder ungebildeter Schreiber anrichtet, wenn man einen Buchdrucker mit ihm vergleicht! Aber hier versagen die Gesetze.

Bestraft wird, wer englisches Tuch für venezianisches ausgibt, und die Früchte seiner Unverfrorenheit genießt, wer unter dem Namen großer Autoren nichts als Pein und Geistesqualen verkauft. Man wird mir einwenden, dass der Verkäufer nicht verpflichtet ist, den Käufer auf alle Mängel seiner Ware aufmerksam zu machen. Doch, in diesem Falle wäre er es; denn es geht nicht an, dass das Titelblatt peinlichste Genauigkeit verspricht und das Buch von Ungenauigkeiten strotzt; und es sind Fehler dabei, die nicht einmal ein Gelehrter auf den ersten Blick als solche erkennen kann. Doch die große Masse der Drucker bringt alles durcheinander, speziell in Deutschland.

Bäcker zu sein, ist nicht jedem gestattet, aber den Buchdruck als Gewerbe zu betreiben, ist keinem Menschen verwehrt. Es ist auch nicht ungefährlich, alles zu malen oder zu sagen, aber drucken darf man schlechthin alles. Aus jedem Erdenwinkel fliegen ganze Schwärme neuer Bücher aus. Selbst wenn jedes von ihnen etwas Wissenswertes enthielte, so würde sich allein schon ihre große Menge auf die Studien hemmend auswirken, teils durch Übersättigung, die bei guten Dingen besonders schlimme Folgen hat, teils einfach dadurch, dass sie die Interessen der Menschen, die von Natur aus nach Abwechslung verlangen und allem Neuen zugetan sind, auf sich ziehen und von der Lektüre der alten Autoren ablenken. Diese aber sind durch nichts, was jetzt geschrieben wird, zu überbieten, wenngleich ich nicht bestreite, dass auch moderne Autoren auf Dinge kommen können, die den alten entgangen sind. So könnte beispielsweise ein jetziger Philosoph durchaus etwas lehren, was Aristoteles noch nicht wusste; trotzdem glaube ich nicht, dass in Zukunft einer auftreten wird, der das gesamte System der Philosophie in solcher Geschlossenheit und Vollendung darstellt, wie er es dargestellt hat. Ebenso könnte vielleicht ein Theologe in der Heiligen Schrift Dinge sehen, die dem heiligen Chrysostomus oder dem heiligen Hieronymus entgangen sind; aber ich glaube nicht, dass es in Zukunft einen geben wird, der aufs Ganze gesehen das leistet, was diese beiden geleistet haben. Doch diese wirft man jetzt beinahe schon zum alten Eisen, und wir vergeuden unsere Zeit mit Schund jeder Art und Provenienz, dabei werden Kunst und Wissenschaft mit ihren großen Vertretern vernachlässigt, und es schwindet die Autorität der Regierungen und Konzilien, der Schule, der Juristen und Theologen.

Wenn das so weitergeht, wie es begonnen hat, so wird es über kurz oder lang dahin kommen, dass die Macht in den Händen einer kleinen Gruppe liegt und sich bei uns eine Tyrannei und Barbarei breitmacht, wie sie die Türken haben. Dem Willen eines Einzelnen oder einiger weniger wird sich alles beugen, von bürgerlicher Gesellschaftsordnung wird keine Spur mehr vorhanden sein, Militärgewalt wird alles diktieren. Kunst und Wissenschaft werden darniederliegen, und ein einziges Gesetz wird gelten: der Wille des Fürsten der Welt. Die Vertreter der Religion werden alle Bedeutung verlieren, und wenn sie Mittel und Einfluss behalten, so nur, um sie den Zwecken derer dienstbar zu machen, die nicht etwa mit überlegenem Urteil, sondern nach augenblicklicher Neigung oder Abneigung alles bestimmen.

Wieviel besser wäre es um die menschlichen Verhältnisse bestellt, wenn, gleichwie im Kosmos, wo alle Elemente aufeinander abgestimmt sind und in unwandelbarer Verbindung alles seinen Bestand hat, so auch im Staate jedem die gebührende Autorität erhalten bliebe, wenn das Volk bekäme, was ihm zusteht, wenn Regierung und Verwaltung so viel Macht hätte, wie Bildung, Recht und Gesetz es erlaubten, wenn Bischöfe und Priester ihr Ansehen behielten und auch den Mönchen die schuldige Anerkennung nicht versagt bliebe. Das harmonische Wechselspiel aller dieser Kräfte, die in ihrer Vielfalt dem gleichen Ziele dienen, würde den Fortbestand des Staates weit verlässlicher gewährleisten, als es jetzt der Fall ist, da ein jeder alles an sich zu reißen sucht. Es kann ja auch ein Hausstand nur existieren, wenn der Gatte einen Teil der Verantwortung an die Gattin abgibt, wenn ein Unterschied gemacht wird zwischen Freien und Sklaven, wenn die Sklaven nicht wie Vieh, sondern wie Menschen behandelt werden, und wenn schließlich auch zwischen Sklaven und Sklaven ein Unterschied besteht und die, die ihr Bestes tun, großzügiger behandelt werden und als Lohn für ihre Dienste die Freiheit erwarten dürfen.

Nun wird vielleicht einer sagen: Du Unglücksprophet, was hat denn das mit dem Buchdruck zu tun? Das hat insofern etwas mit dem Buchdruck zu tun, als an den Übelständen zu einem nicht geringen Teil die schrankenlose Freiheit der Drucker schuld ist. Sie überschwemmen die Welt mit Büchern, und zwar nicht mit harmlosen Spielereien, wie etwa ich sie schreibe, sondern mit Büchern ohne Sinn und Verstand, mit Schmäh- und Hetzschriften, mit glaubensfeindlicher und revolutionärer Literatur, und ihre große Menge bringt auch die wertvollen Bücher um ihre Wirkung. Manche erscheinen als anonyme Flugschriften oder, was noch hinterhältiger ist, unter einem Pseudonym. Stellt man sie zur Rede, so lautet die Antwort: Verschaff mir eine andere Möglichkeit, meine Familie zu ernähren, dann will ich aufhören, solche Bücher zu drucken. Mit noch etwas mehr Berechtigung könnte ein Dieb, Betrüger oder Zuhälter sagen: Zahl' mir meinen Lebensunterhalt, und ich will von dieser Tätigkeit lassen.

Wenn es nicht vielleicht sogar das kleinere Vergehen ist, heimlich den Besitz eines anderen zu schmälern, als in aller Öffentlichkeit seinen Ruf zu ruinieren, oder ohne Gewaltanwendung den eigenen Körper oder den eines anderen Menschen zum Gelderwerb zu missbrauchen, als das Leben eines anderen und, was noch kostbarer ist als das Leben, seinen Ruf anzutasten.

Doch genug der Klagen! Wir wollen die Möglichkeiten einer Abhilfe aufzeigen. Dieses Übel könnte man steuern, wenn Fürsten und Regierungen dafür sorgten, dass die Taugenichtse, die in erster Linie der Geschäftsneid auf den Plan gerufen hat, soweit wie möglich ausgeschaltet werden, wenn ferner denen, die sich in ihrer Unredlichkeit weder durch Vernunft noch durch Anstand beirren lassen, die Gesetze mit dem Stock drohten, falls sie sich nicht bessern, und wenn schließlich diejenigen, deren Arbeit dem Wohl der Allgemeinheit dient, deren eigenes Vermögen aber nicht ausreicht, von Fürsten, Bischöfen und Äbten oder aus öffentlichen Mitteln Subventionen erhielten. Denn von den reichen Kaufleuten, die sich fast samt und sonders dem Mammon verschrieben haben, eine derartige Leistung zu erwarten, wäre wohl zu viel verlangt.

Wer sich indes von der Stiftung eines Altares oder Grabmals, von der Anbringung einer Gedenktafel oder der Errichtung eines Standbildes Ruhm bei der Nachwelt verspricht, der könnte sich auf diesem Wege ein viel lebendigeres Andenken sichern. Um nur ein Beispiel unter vielen herauszugreifen: Kaum ein Autor hat in der Exegese der Heiligen Schrift so viel Geschick bewiesen wie der heilige Johannes Chrysostomus, kein anderer eignet sich so gut wie er zur Ausbildung künftiger Prediger. Und er hat sehr viel geschrieben; einen beträchtlichen Teil seines Œuvres besitzen wir in mäßiger Übersetzung, vieles aber ist verderbt, und manches ist hineingeraten, das nichts mit Chrysostomus zu tun hat. Was für eine Bereicherung wäre es für die theologische Wissenschaft, wenn dieser große Kirchenlehrer in einer vollständigen und guten Ausgabe des griechischen Originals vorläge, oder wenigstens in einem Latein, das seinem Griechisch nicht nachsteht!

Es ist hier nicht der Ort, aufzuzählen, auf wie mannigfaltige Weise die Großen ihr Geld vergeuden, wieviel Spiele, Mätressen, Saufgelage, unnötige Reisen, prunkvolle Paraden, vom Zaun gebrochene Kriege, ehrgeizige Pläne, wieviel Schmeichler, Hofnarren und Komödianten verschlingen; wenigstens von dem, was für schandbare Zwecke vergeudet wird, könnten sie einen Teil zum Nutzen der Allgemeinheit, zu ihrem eigenen Ruhm oder für beides zugleich abzweigen. Aldus wurde bei seinem großen Unternehmen von allen Gebildeten unterstützt. Es gab keinen, der nicht etwas dazu beigetragen hätte, um ihm die Aufgabe, der er allein nicht gewachsen war, zu erleichtern. Mehr als einmal haben ihm Ungarn und Polen von sich aus alte Handschriften geschickt, zusammen mit einem angemessenen Honorar, damit er sie mit gebührender Sorgfalt publiziere. Was Aldus in Italien unternommen hat – er ist inzwischen gestorben, doch der gute Klang seines Namens ist immer noch eine Empfehlung für seine Offizin –, das unternimmt diesseits der Alpen Johannes Froben mit nicht weniger Hingabe als Aldus und auch nicht ohne Erfolg, aber, das lässt sich nicht leugnen, mit ungleich geringerem finanziellem Gewinn. Fragt man nach den Gründen, so ist, glaube ich, neben vielen anderen ein Grund der, dass bei uns nicht dieselbe geistige Aufgeschlossenheit herrscht wie in Italien, zumindest in den Belangen der Literatur. Es sei mir gestattet, zu diesem Thema meine eigenen Erfahrungen mitzuteilen:

Als ich, ein unbekannter Holländer, in Italien meine *Adagia* edierte, schafften mir alle Gelehrten, einer wie der andere, ungedruckte Werke herbei, von denen sie annahmen, dass sie mir von Nutzen sein könnten. Aldus selbst stellte mir alle Schätze seiner reichhaltigen Bibliothek zur Verfügung. Dasselbe tat Johannes Laskaris, Battista Egnazio, Marco Musuro, Fra Urbano. Ich habe Hilfsbereitschaft von Leuten erfahren, die ich nicht persönlich, oft nicht einmal dem Namen nach kannte. Als ich nach Venedig kam, brachte ich vom geplanten Werk weiter nichts mit als eine rohe und ungeordnete Materialsammlung, deren Grundlage überdies nur bereits veröffentlichte Texte waren. Es war sehr leichtsinnig von mir, dass wir uns beide zugleich an die Arbeit machten, ich ans Schreiben und Aldus ans Drucken. Die Arbeit war in rund neun Monaten abgeschlossen, und während dieser Zeit machten mir noch die Steine zu schaffen, ein Leiden, das ich bis dahin nicht kannte.

Nun möge man sich bitte einmal überlegen, um wieviel geringer die Brauchbarkeit des Werkes geworden wäre, wenn mir die Gelehrten nicht Handschriften zur Verfügung gestellt hätten. Darunter befanden sich die Schriften Platons im griechischen Original, die *Biographien* Plutarchs und seine *Moralia*, die unmittelbar nach Abschluss meines Werkes in Druck gingen, die *Deipnosophisten* des Athenaios, Aphthonios, Hermogenes mit Scholien, die *Rhetorik* des Aristoteles mit den Erklärungen des Gregor von Nazianz, der ganze Aristides mit Scholien, kurze Erklärungen zu Hesiod und Theokrit, Eustathios zum ganzen Homer, Pausanias, Pindar mit ausführlichen Erklärungen, die Sprichwortsammlung, die unter dem Namen Plutarchs geht, und eine andere, die Apostolis zum Verfasser hat und deren Benützung mir Hieronymus Aleander ermöglichte, dazu noch einige kleinere Werke, die mir im Augenblick nicht einfallen oder hier nicht einzeln aufgezählt zu werden brauchen. Nichts von alledem war bis zu diesem Zeitpunkt im Druck erschienen.

Und nun als Gegenbeispiel das zuvorkommende Verhalten eines Freundes diesseits der Alpen, den ich immer für einen meiner besten hielt und auch jetzt noch halte, denn man *kenne die Eigenarten des Freundes, hasse sie nicht.* Als ich meine venezianische Auflage vorbereitete, sah ich bei ihm zufällig einen Suidas, bei dem am Rand die Sprichwörter angegeben waren. Es war ein umfangreiches Werk, und es waren viele Bände durchzusehen. Ich wollte mir daher diese Arbeit ein wenig erleichtern und bat ihn, mir das Buch zumindest für ein paar Stunden zu leihen, bis mein Schreiber die Notizen in mein eigenes Exemplar übertragen hätte. Ich bat ihn einmal, ich bat ihn ein zweites Mal, aber sooft ich ihn auch bat, immer schlug er es mir ab. Ich beschwor ihn, ich ließ nichts unversucht, doch es gelang mir nicht, ihn zu erweichen. Schließlich fragte ich ihn, ob er vielleicht selbst die Absicht habe, die Sprichwörter zu edieren; ich würde ihm herzlich gern den Vortritt lassen, denn er könne es gewiss viel besser als ich. Er beteuerte, dass dies nicht der Fall sei. Was also, sagte ich, sind deine wirklichen Motive? Da endlich rang ich ihm gewissermaßen auf der Folter das Geständnis ab, dass man jetzt all das an die Öffentlichkeit bringe, was bislang den Gelehrten die Bewunderung der breiten Öffentlichkeit eingetragen habe. Das also war der Grund!

Es liegen in den Klöstern und Stiften Deutschlands, Frankreichs und Englands uralte Handschriften verborgen, die – wenn man von wenigen Ausnahmen absieht – keiner der Öffentlichkeit zugänglich machen will; man geht dabei so weit, sie auf Anfragen hin entweder zu verstecken oder ihr Vorhandensein einfach abzuleugnen oder aber für die Benützung einen unverschämten Preis zu verlangen, oft das Zehnfache des Wertes der Handschrift. Zu guter Letzt werden dann diese liebevoll gehüteten Bücher ein Fraß der Würmer oder eine Beute der Diebe.

Die hohen Herren ihrerseits sind weit davon entfernt, durch großzügige Hilfe die Belange der Literatur zu fördern; im Gegenteil, sie glauben, dass man das Geld gar nicht sinnloser vertun könne, als wenn man es für solche Zwecke ausgibt. Zudem haben sie ja überhaupt nur an den Dingen Interesse, die ihnen Steuern einbringen.

Würden die Fürsten diesseits der Alpen den wissenschaftlichen Bestrebungen mit ähnlicher Aufgeschlossenheit gegenüberstehen wie die italienischen, so stünden die Schlangen Frobens im buchhändlerischen Erfolg dem Delphin des Aldus nicht so weit nach. Aldus hat unter dem Motto *Eile mit Weile* nicht weniger Geld als Ruhm erworben, beides übrigens verdientermaßen. Froben aber, der den Stab immer aufrecht hält und kein anderes Ziel vor Augen hat als das Gemeinwohl, ist, da er von der Einfalt der Tauben nicht abgehen will und die Klugheit der Schlangen mehr in seiner Druckermarke bekundet als in seiner Handlungsweise, eher berühmt als reich geworden.

Doch nun Schluss mit den Exkursen! Wir wenden uns wieder der Besprechung unseres Adagiums zu.

[...]

Editorische Notiz

Die hier enthaltenen Adagia I, 1, 1 = 1; I, 6, 95 = 595; I 8, 62 = 762; I, 8, 91 = 791; I, 9, 69 = 869; II, 1, 1 = 1001; II, 1, 10 = 1010; II, 2, 57 = 1157; II, 6, 23 = 1523; II, 9, 62 = 1862; III, 3, 97 = 2297; III, 4, 4 = 2304; III, 7, 13 = 2613; IV, 5, 9 = 3409; IV, 6, 35 = 3535 und IV, 8, 24 = 3724 wurden von Theresia Payr übersetzt, wir folgen mit freundlicher Genehmigung des Verlages der Ausgabe:

Erasmus von Rotterdam: *Ausgewählte Schriften*. Herausgegeben von Werner Welzig. 8 Bände, lat./dt. Band 7: *Dialogus cui Titulus Ciceronianus sive de optimo dicendi genere. / Adagiorum chilliades (Adagia selecta)*. Übersetzt, eingeleitet und mit Anmerkungen versehen von Theresia Payr. Darmstadt, Wissenschaftliche Buchgesellschaft, 1972.

Die Adagia I, 1, 69 = 69; I, V, 40 = 440; I, 10, 38 = 938; I, 10, 40 = 940; II, 1, 66 = 1066; II, 2, 91 = 1191; II, 4, 19 = 1319; II, 5, 96 = 1496; II, 6, 16 = 1516; II, 8, 95 = 1795; II, 10, 41 = 1941; II, 10, 56 = 1956; III, 3, 6 = 2206; III, 9, 98 = 2899; IV, 2, 42 = 3142; IV, 2, 96 = 3196; IV, 4, 50 = 3350; IV, 4, 59 = 3359; IV, 4, 73 = 3373; IV, 5, 4 = 3404; IV, 5, 6 = 3406; IV, 5, 7 = 3407; IV, 5, 33 = 3433; IV, 7, 20 = 3620; IV, 8, 58 = 3758 und V, 1, 63 = 4063 wurden von Tobias Roth neu übersetzt; Grundlage der Übersetzung bildete die Ausgabe:

Erasmus von Rotterdam: *Les Adages*. Édition sous la direction de Jean-Christophe Saladin. 5 Bände, lat./frz. Paris, Les belles lettres, 2011.

Für die Unterstützung dieser Ausgabe durch entscheidende Produktionsmittel sei Florian Haider von Herzen gedankt – und natürlichen der Wissenschaftlichen Buchgesellschaft mit ihren 85.000 Mitgliedern für sofortige Begeisterung, Großzügigkeit und tatkräftige Unterstützung.

Impressum

Der VERLAG DAS KULTURELLE GEDÄCHTNIS dankt seinen Unterstützern:
Reinhart Binder, Frederic Böhle, BUCHMARKT, Andrew & Jeffrey Goldstein, Philipp Graf, Eva Großjean-Ehe, Heinz Hörner, Lucian Krawczyk, Kathrin Kunkel-Razum, DAS MAGAZIN Die Kulturzeitschrift, Ulrich Noethen, dem PERLENTAUCHER, Gabriele Pohlmann, Oliver Razum, Elisabeth Ruge, Thomas Sarbacher, Thomas Schöttler, Hartmut Sommer, Janine Stratmann, den Gesellschaftern des Verlages sowie einigen Ungenannten,die im Dank eingeschlossen sind.

ISBN 978-3-946990-28-4 1. Auflage 2018
Verlag Das Kulturelle Gedächtnis GmbH, Berlin
mis en bouteille au château

Einbandgestaltung: 2xGoldstein+Fronczek / studio stg
Gestaltung und Satz: 2xGoldstein (2xGoldstein, Sascha Fronczek, Erik Schöfer), Rheinstetten
Korrektorat: Astrid Treusch, Berlin
Druck und Bindung: CPI books GmbH, Ebner & Spiegel Ulm

Mehr zum Verlag auf www.daskulturellegedächtnis.de

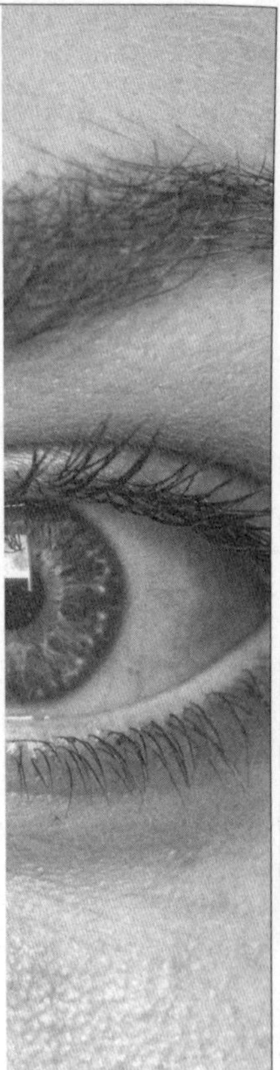